Voyage
ボヤージュ

想像見聞録

宮内悠介 Yusuke Miyauchi
藤井太洋 Taiyo Fujii
小川　哲 Satoshi Ogawa
深緑野分 Nowaki Fukamidori
森　晶麿 Akimaro Mori
石川宗生 Muneo Ishikawa

講談社

CONTENTS

Voyage

XX-XX-XXXX

装画　　嶽まいこ
装幀　　長崎　綾
(next door design)

Voyage 想像見聞録

Voyage

国境の子

#01 Born on the border island

宮内悠介

Yusuke Miyauchi

XX-XX-XXXX

絵を描かない子供だった。

そのかわりに好んで描いたのは、三角形や四角形といった図形だ。来る日も来る日も、ぼくは画用紙やチラシの裏に図形を描きつづけ、恍惚《こうこつ》とした。小さかったぼくを、何がかき立てていたのかはわからない。

ただ、こんなことを感じていたことは憶えている。

図形はぼくにとって、島の山々を覆う森であり、これからイカ漁に出る船であり、観光客を乗せて狭い道を飛ばして走るバスでもあった。図形には、そのすべてが内包されていた。

いっこうに絵を描かないぼくのことを、母がどう思っていたのかはわからない。

最初、母はぼくに絵を描かせようとした。

が、やがて諦めて、ある日コンパスと定規を買ってくると、それらを使った綺麗《きれい》な図形の描きかたをぼくに教えた。コンパスと定規はほとんど、魔法の道具だった。ぼくはコンパスと定規を使って、ますます図形の世界に没頭していった。

母がそのような性格であったのは、ぼくにとっては幸いだった。

幼いぼくは、母から二等辺三角形や台形や菱形《ひしがた》といった概念を学んだ。ノートを買い与えられたので、ぼくはますます調子に乗って図形を描きつづけた。あとになって、幾何《きか》の成績だけがいいと言われた所以《ゆえん》は、このあたりにある。


ぼくは長崎県の対馬《つしま》に生まれた。

父のいない子で、母は韓国人オーナーの経営する民宿に勤めていた。

小さな島のことなので、周囲の人間は父親は誰かとさまざまに噂《うわさ》しあった。その一番有力な説は、オーナーが呼び寄せた韓国人従業員だというものだった。実際、ぼくは夜の海辺で二人が抱き合っているところを見たことがあるので、この説が正しかったのだろうと思う。

小学校に上がってからのぼくの仇名《あだな》、「韓国さん」はこれに由来するものだ。

そういうこともあって、母はぼくを身ごもったころから勘当寸前になったそうだが、いざぼくが産まれてみると、祖父母は孫の顔を見るやそれまでのいざこざのいっさいを忘れ、祖父母と母、そしてぼくの四人暮らしがはじまった。

祖父はイカ漁をして生計を立てていた。

家があったのは、厳原《いづはら》という町の近くだ。

その一軒家で、ぼくは例によって図形に没頭する日々を送っていた。それは幼稚園に上がっても変わらなかった。図形ばかり描くぼくを見て、進んでいた先生が、これは発達障害ではないかと母に伝えたが、母は持ち前の明るさで、

「この子はこういう子やけん！」

と突っぱね、ぼくのことを守り通した。

ただ、危ないという理由でコンパスを持っていけないのは残念だった。


六歳になり、小学校に上がったとき、ぼくはもう「韓国さん」だった。

ただそう呼ばれていたというだけで、いじめられたりはしなかったものの、ときには子供特有の残酷さで疎外されることもあった。あるとき、皆で宗家《そうけ》の墓所を探検しようという話になったとき、ぼくは「韓国さん」であることを理由に、そこに混ぜてもらえなかった。

「韓国さん」とはどういうことなのか。

何が違うというのか。なんで、つれて行ってもらえないのか。

皆が冒険に出ているあいだ、わけもわからず、ぼくは突堤《とってい》に立って一人で泣いていた。

救ってくれたのは、突堤で釣り糸を垂らす親子づれの韓国人観光客だった。女の子はぼくと同い年くらいで、釣りに飽きていた様子でもあり、ふと寄ってくると、

「なんで泣いてるの？」

と、そういった意味のことを喋《しゃべ》った。おそらく韓国語であったろうから、正確なところはわからない。けれど、きっとそうであるに違いなかった。この時期の子供は、言葉なしに会話をし、言葉ならぬ言葉で交歓する。

ぼくらはたちまち仲良くなり、女の子の両親もそれを微笑《ほほえ》ましそうに見守っていた。

女の子とはすっかり打ち解けて、また明日ここで会おうという話になった。おそらく、一家は観光のスケジュールを変更してくれたのだろう。翌日も、その翌日も、ぼくらは突堤で会って、言葉ならぬ言葉を交わしながら一緒に遊んだ。

一家がフェリーで帰国するというとき、ぼくは見送りに行った。女の子が手を振り、ぼくも手を振り返し、そしてまた泣いた。女の子の母親がぼくに近寄ってきて、何事か耳打ちした。大人の言葉であるので、残念ながら意味はわからなかった。ただきっと、「自分を強く持ちなさい」とか「あなたはあなたなのだから」とか、そういった人生のアドバイスであったのだろうと想像する。

去りゆく船がPM2・5の霞《かすみ》の向こうに消えてからも、ぼくはずっと港に立っていた。その日はじめて、ぼくは絵を描いた。港と、そこから去りゆく船だ。慣れないクレヨンを使ったせいで、何がなんだかわからないような絵だったけれど、母は一言、

「これ、好きやちゃち」

と短い感想を述べ、額に入れて飾った。二〇一九年五月一日、改元の日だった。

母が泣いているのを一度だけ見たことがある。

あとでわかったことだけれど、同じ年、日韓関係が悪化したことにより、観光客が激減して民宿の経営を圧迫した。これを受け、ぼくの父である韓国人従業員が帰国することになったのだ。

家で泣く母を祖父母は傍観し、ただ一人、ぼくだけがおろおろと右往左往していた。

やがて母は泣き疲れると、小声で歌を歌いはじめた。

「サランヘ」という韓国の歌だ。母がときおりこれを口ずさむのを、ぼくは幾度か耳にしたことがあった。

サランヘ《愛しています》　タンシヌル《あなたを》
チョンマルロ《本当に》　サランヘ《愛しています》
タンシニ《あなたが》　ネギュトゥル《わたしの》　トナガン《もとを》　ティエ《去ってから》
オルマナ《どれだけ》　ヌンムルル《涙を》
フルリョンヌンジ《流したか》　モルンダオ《わかりません》
イエイ　イエイ　イエイ……

声はかすれ、ぼくには音の羅列のようにしか聞こえなかった。でも、このときぼくは、はっきりと知ることができた。父がいないのが当たり前の世界だった。けれども、ぼくには確かに父が存在し、母はいまも父のことを愛しているのだと。

祖父母は複雑そうな表情を覗《のぞ》かせていたが、歌を止めるようなことはしなかった。

＊

ぼくが「韓国さん」でなくなったのは、高校進学を機に、対馬を離れ福岡の寮に入ったときだ。寮にはさまざまな出自の学生がいて、ぼくのルーツなど気にする人間はいなかった。この高校時代、ぼくは自由を謳歌《おうか》するとともに、はじめて、自分が「韓国さん」と呼ばれて傷ついていたのだと自覚することができた。

もっとも、いいことばかりではない。

本格的に普及しはじめたAIによって消滅する仕事も増え、社会がこれからどうなっていくのか、はっきりしたことが誰にも言えない時期にあった。まして、高校生のことだ。将来の展望なんかまるで見出せない。だからこそ、自由に空騒ぎをしていた面もあったことは否めない。

ぼくは教師と相談を重ね、プロダクトデザイナーの道を目指すことに決めた。世の製品全般、家電製品や生活用品などをデザインする仕事だ。これなら手に職と言えそうだし、何より小さいころから図形ばかり描いていたぼくに合っているように思えた。

それから祖父の援助を受け、工学部のデザイン学科に進んだ。

祖父からすれば、ぼくが対馬から遠ざかっていくのは寂しいはずだ。けれど、何も言わずに学費やら何やらを援助してくれた。だからぼくも仲間との空騒ぎをやめ、勉強に励んだ。

なんとか中小企業のメーカーの内定を得て、ぼくは上京した。

ぼくがはじめて絵を描いたあの日から十六年後、二〇三五年のことだった。

その前に、祖父の死について触れなければならない。

祖父はぼくが大学四年のときに亡くなった。嵐のなか、無理に漁に出て海難事故に遭ったということだった。なぜ経験豊富な漁師がそんなことになったのか、周囲の人間は訝《いぶか》しんだそうだが、ぼくはその理由を直感してしまった。

ぼくのために、頑張りすぎてしまったのだ。

フェリーで故郷に戻り、鯨幕《くじらまく》の前に押し並びながら、ぼくは旧知の誰かが突如現れて「韓国さん」と声をかけてくるのではないかと、そんなことを恐れていた。

祖父を喪《うしな》った悲しみに専念できないくらい、「韓国さん」の呪いは深かったのだ。

プロダクトデザイナーの世界は、想像していた以上に人とのつきあいの多いものだった。

デザイン部はぼくを入れて三人。最初は、ＩＣレコーダーのデザインの仕事だった。まず、営業やハードウェア担当の人間とやりとりを重ね、企画意図や製品仕様について理解を深める。

それからラフを描いて、社長も出席するデザイン会議に持ちこむ。

主に社長の意見を採り入れ、ラフを更新する。このサイクルがしばらくつづく。

次に、コンピュータ上で設計をして、モックアップと呼ばれる試作品を作る。ここでまた、変更が入ることがある。最初に意図していた意匠や、人間工学に基づいた設計といったものは、最終的に消滅していることもままある。

デザイン会議で、プレゼンテーションがうまくいかずに恥をかくこともあった。部の先輩である大内《おおうち》さんや木谷《きたに》さんは、ときおり酒席で愚痴《ぐち》をこぼす。が、ぼくにはやりがいのある仕事であるように感じられた。

家に帰ったあとは、昔やっていたようにコンパスと定規で正三角形を描いたりした。ぼくはどこか抜けたところがあり、次々と図形を描いているだけで、つらいことはだいたい忘れられた。


抜けているものといえばもう一つ、衣食住だ。

ぼくはもとより衣食住に頓着《とんちゃく》しないところがあり、部屋も１Ｋにソファベッドを一つ置いただけのような場所だった。キッチンが使われることはまずなく、会社近くのチェーンの蕎麦《そば》屋で夕食を済ませた。服装は、吊《つる》しのスーツを何着か使い分けるだけ。

服装自由の職場でなぜスーツを着るのかとたびたび問われ、

「そのほうが面倒がありませんので」

とそのつど答えた。その後に訪れる沈黙をどうにかする術《すべ》は、持たなかった。

職場でのコミュニケーションは苦手だった。相手がこちらに何か質問し、それにぼくが答える。それで会話が終わり。そういう場面も多々あった。結果として、やや異分子扱いされながらも、真面目だけが取り柄というようなキャラクターが社内ではできあがった。

同僚はいても、友人はいなかった。特にそれで困るということも、またなかった。

社長は総じていい人間だったがかんしゃく持ちだった。

あるときなどは、プレゼンテーションの場でぼくが口ごもったところで、

「うちの製品は性能では負けてない。それが苦戦するのはデザインのせいだろ！」

と皆の前で罵《ののし》られたことがあった。

ぼくの顔は紅潮し、ますます何も言えなくなってしまった。

同席していた先輩の木谷さんは、しょんぼりするぼくを慰めるために居酒屋に誘ってくれた。

普段なら愚痴をこぼす側の木谷さんが、この日は妙に複雑な物言いをした。

「うちのボスは竹を割ったような性格なんだよ」

というのが彼の見解だった。

「ただ、ときどき竹ごと割られちまうんだけどな。あはは」

なんの慰めにもならない一言だったが、木谷さんの気持ちは嬉しかった。

ぼくはそれを言葉にしたいと願ったのだけれど、ぼくが感謝の言をつむぐ前に、木谷さんのほうから何か話し出す。結局、その日もどこか嚙《か》み合わないままお開きになってしまった。

居酒屋は賑わっていた。

店員はベトナム人で、タブレットを介した注文を元気に持ってくるのが印象に残った。

高校のころに読んだ本では、これからはデリバリーの食事が中心となって外食産業は衰退するとあったが、いまのところ、そのような様子は見られなかった。

あるとき、オフィスで製図ソフトの画面と睨《にら》めっこしながら、ぼくはふとつぶやいた。

「このデータを流しこめば売上予測をしてくれるＡＩがあったでしょう」

いったん画面から目をそらし、眉間《みけん》のあたりを押す。

「あれ、うちでも使えないのでしょうか。それさえあれば、あの雲をつかむような会議も……」

「検討されたことならある」

そう答えてくれたのは隣の大内さんだ。

「でもな、おまえ。そのＡＩ、いったいいくらすると思う？」

「さあ……。百万円くらいとか？」

「一億円だ」

指を一本立てて、大内さんがため息をつく。

「うちのような中小じゃどうにも手が出ない。人間を使うほうが安いってわけだ」

「一億？　どうしてそんなに？」

「ＡＩそのものはシンプルなんだが、アノテーターと呼ばれる人たちが、人海戦術でデータを入力している。データ自体にも金がかかる。これでも、だいぶ安くなったんだがな……」

話はそれまでだった。

そもそもがＡＩに脅威を感じ、選んだ仕事だ。それなのに、費用の問題でＡＩを使えない。ぼくもまた、時代に振り回された一人なのだ。そう考えると、笑ってしまいそうになった。

＊

ぼくは二十六歳になり、社会人として五年目を迎えた。

母とのメールのやりとりなどはあったが、祖父が亡くなって以来、対馬へ戻ったことはなかった。そんなおり、突然仕事中に祖母から電話があったので驚いた。

母が入院した。がんが疑われているのだという。

とにかく一度帰ってきて、顔を見せてやってくれないかという話だった。

困って社長に相談したところ、ちょうどプロジェクトの狭間であったのと、相手の機嫌のいいタイミングであったので、一週間の休みを快諾してもらえた。そこでぼくはたまっていた有休を消化することに決め、対馬までの便を手配した。

福岡で国内線を乗り継ぎ、プロペラ機に乗りこんだところで、そういえばフェリーではなく飛行機で対馬と行き来するのは、はじめてのことだと気がついた。プロペラ機は離陸して十五分も経たないうちに着陸態勢に入り、機内でのサービスは飴《あめ》一粒で済まされた。

耳が急激に痛くなり、ぼくは慌てて鼻をふさいで耳抜きをした。

空港に降りたところで、自動運転のレンタカーを借りた。

ここ、対馬の自動運転の歴史は存外に長い。二〇一九年には、バスの自動運転に一千五百万円を投じるとともに、明治《めいじ》大学らと共同で自動運転のバスを走らせている。ぼくがはじめて絵を描いた年、そしてはじめて母が泣いているのを見た、あの年だ。

背景には人口減と高齢化がある。

ぼくが対馬を去ったとき二万人強だった人口は、一万六千にまで減じていた。そして、高齢者の割合が高い。そんな高齢者のための足として、自動運転のバスを使う方針のようだった。

ぼくは運転席について、ナビゲーションに行き先を告げ、しばし微睡《まどろ》んだ。

ときおり目を開けたときに入ってくる島の景色は、以前とそう変わらないものだった。

厳原近くのあの家に着いたときには、もう日が傾きかけていた。

そこで見舞いは翌日に回すことにして、ぼくは祖母の作った焼き魚を食べた。祖母一人になってしまった家は広く感じられ、ぼくが以前描いた絵も、いつの間にかどこかに消えていた。

夜、腹ごなしに散歩をしていると、いつかの突堤で韓国人観光客の一家が夜釣りを楽しんでいた。あのときぼくに声をかけてくれた女の子も、もう二十代のなかばだ。そして、あのとき確かに自分が魂を救われたことを、昨日のことのように思い出した。

「釣れますか」

見知らぬ一家に、ぼくは英語で話しかけてみた。

島民と観光客の距離は、あいかわらず遠い。相手は一瞬ぎょっとした表情を覗かせたが、すぐに笑みを顔に貼《は》りつけ、英語を返してきた。

「いま一つです。ここは釣れると聞いたのですが……」

翌日、ぼくはレンタカーを走らせて母の入院先の病院へ向かった。

ベッドで横になる母は前より痩《や》せこけ、老いていた。けれどもぼくの姿を見るとぱっと表情を輝かせ、こちらが心配するよりも先に、前よりも痩せて見える、毎日ちゃんと食べているのかと逆に心配されてしまった。

なんだか拍子抜けしながら、病院はどうかと訊《たず》ねると、

「さえん」

と一言だけ返ってきた。

それからベッドの柵越しに、ぽつりぽつりと話をした。やがて昔話になった。

「この子はこういう子やけん！」

と母がぼくを守ってくれたことを話したが、母はそのことを忘れていた。それどころか、図形ばかりを描いていた妙な子供であったことも忘れていた。こういう性格だから、図形の件も問題視されなかったのだろうとなんだか腑《ふ》に落ちる一方、こうも思った。

ぼくたちは、なんでもかんでも忘れてしまう。

記憶を司るぼくらの脳の海馬《かいば》は、まるで目の粗いふるいのようなものだ。

むろん忘れられないこともある。

二時間余りが経って、話も尽きようかというとき、母は急にあの歌を小声で歌い出したのだ。

サランへ　タンシヌル
チョンマルロ　サランへ
タンシニ　ネギュトゥル　トナガン　ティエ
オルマナ　ヌンムルル
フルリョンヌンジ　モルンダオ
イェイ　イェイ　イェイ……
イェイ　イェイ　イェイ……

離ればなれになって、もう二十年が経つ。それでもまだ、母が父を想っていたことが伝わってきた。こう言ってはなんだけれども、意外でもあった。

それから、不意に母がぼくに訊ねた。お父さんに会いたいと思うか、と。

正直なところ、ぼくは自分の気持ちがなんなのかわからなかった。物心ついたときから、父はいないものだったのだ。わからないと母に伝えたが、母はベッドの脇に置いてあったポーチから財布を取り出すと、レシートの裏に父の住所と携帯番号を書きつけてぼくによこした。

釜山《プサン》だった。

＊

フェリーが出て間もなくして、ＰＭ２・５の霞の向こうに半島の先が見えてきた。

パスポートはあった。会社の工場がフィリピンにある関係から、荷物をまとめる際に習慣的に放りこんでいた。が、とここに至っても、自分が父と会いたいのかどうかはわからなかった。知りたかったのは、父と母の関係、かもしれなかった。

対馬から釜山は、フェリーでおよそ一時間の距離にある。会おうと思えば、いくらでも会える距離にあるのだ。いや、事実、そういうこともあったのかもしれない。

祖父母から結婚を許されなかったという話は、中学のころに母から聞かされた。

それにしても、わずか一時間という距離で、二人が諦めてしまったことは不思議に思える。そういう、二人のあいだの関係、機微《きび》のようなものをぼくは知りたかった。

そして、目的地が近づくにつれ、否応なしに想起された。

ここでは、ぼくはもう「韓国さん」ではない。「日本から来た子」なのだ。

港からバスや電車を乗り継ぎ、西面《ソミョン》という町に宿を取った。レシートに書いてもらった住所のそばだ。繁華街で、町並みはぼくが学生時代を過ごした福岡を思い起こさせた。

宿のベッドに荷物を下ろしたところで、どっと疲れが押し寄せ、小一時間ほど眠った。

目を覚ましてから、携帯を前にさらに小一時間ほど悩んだ。

母は父を想っている。それは間違いないだろう。でも、父にすでに家庭があったら？　妻や子がいたら？　それは充分にありえそうなことに思えた。だから、ふたたび対馬に戻って来ないのだとも考えられる。

そこに、突然に「日本の子」がやってきたらどうなるだろうか。少なくとも、憚《はばか》られる。

悩んだ末、えいや、と心中で唱えて相手の携帯に発信した。悩んだ末だったが、五コール目くらいで、自動応答の韓国語の案内とともに、留守番電話に案内されたので拍子抜けした。

ぼくは咄嗟《とっさ》に英文を作り上げ、それを読み上げた。

あなたの日本の子です、いま近くの西面に泊まっています。都合が合うようなら、会うことはできないでしょうか……。

向こうからの着信があったのは、さらに三十分くらいが経ってからだった。

「近くに住んでいる。宿の名前は？」

ぼくと同じ、片言の英語だ。ぼくは宿の備えつけのメモ用紙を見ながら、名を読み上げた。

「迎えに行く」

相手がすぐに応えた。

「十五分くらいで着くと思う。それで大丈夫か？」

宿のロビーで待っていると、やがて髪の薄くなりかけた中年の男性がぼくを迎えに来た。

「大きくなったな」

と、これは世界共通の第一声だろうか。

それから、家が近くだから来い、デリバリーの食事を食べようと言う。

父の家まで歩く道、いま何をやっているのかと訊ねてみた。

「いまはアノテーターをやってる」

一瞬、聞き慣れぬ単語だと思ったが、すぐに同僚の話を思い出した。

「アノテーターっていうのは、その、なんだ……」

「人工知能」

ぼくが短く応じると、そうだというように頷きが返った。


韓国の部屋は広いと聞いていたが、父の部屋はワンルームで、そこにごちゃごちゃと衣服かけやらPCデスクやらが押しこまれていた。

驚いたのは、いつかぼくが描いた絵が飾ってあったことだ。

ぼくが絵の前で立ち止まっていると、

「お母さんが送ってくれてね」

と父が湿《しめ》りがちに口を開いた。

「手紙で、近況を送ってくれるんだ。きみのことも書いてあったよ」

そう言って、手紙の詰まった段ボールを棚から出してくる。

「プロダクトデザイナーをやってるんだってな。仕事の調子はどうだ？」

驚いてしまった。

船で一時間という距離にあって、それもEメールもあるというのに、父と母は二十年間、ずっと文通をしていたのだった。なぜそんなことを、と思う一方、腑に落ちるところもあった。それは確かに、父と母らしいと思わせるものだったからだ。

「仕事は悪くないよ」

なんとなくどぎまぎしながら、ぼくはそんなようなことを答えた。

「ただ、高いＡＩを使わせてもらえなくて……。全部、ハンドメイド」

ハンドメイドか、と言って父は笑った。

「俺たちと同じだな」

両親の文通と同じ、ということだ。そうだね、と答えてぼくは笑った。少し涙が出た。

デリバリーが来るまでのあいだ、もう少し話をした。

なぜ父と母が結婚できなかったのか、詳しい話を聞くこともできた。うちの祖父母は、父が母を韓国へつれて行ってしまうことを恐れたのだという。言われてみれば、確かにそれもありそうな話だ。

父は母の入院のことを知らなかった。

もらった紙切れに母の入院先を書くと、必ず見舞いに行く、と父は約束した。

対馬まで母の見舞いに行ったはずのぼくが韓国土産を買ってきたことで、ぼくは社内で説明を迫られることになった。釜山は、対馬からわずか一時間の距離にある。そう言うと驚かれた。

二〇三九年になっても、韓国はあいかわらず近くて遠かった。

ただ、会社では意を決して明かしてみることにした。部内の飲み会で、自分が韓国人とのダブルで、父が釜山に住んでいるのだと告げたのだ。それは勇気のいることだったが、ふたたび仇名が「韓国さん」になってしまってもかまわないと、なぜだかそう思えた。

ここに、木谷さんが驚きの告白をかぶせてきた。

「俺の母親なんてネパール人だぜ」

居酒屋で働くネパール人の看板娘を父親が口説《くど》き落とし、結婚まで持ちこんだのだという。

木谷さんの顔立ちからそれがわからなかったのは、母がチベット系のモンゴロイドだったからのようだ。

「どうだ、恐れ入ったか」

そう言って笑う木谷さんの顔に屈託はない。

母の手術が成功したらしいことを、ぼくは祖母からの電話で聞いた。

父が見舞いに来たのかどうかはわからない。おそらく、来たのだろうと思う。そこで二人のあいだでどのような話がなされたのかは、当人たちにしかわからない。

「真面目だけが取り柄」のぼくが、しばしば木谷さんと一緒に遊びに行くようになったことを、会社の人たちはしばらく不思議そうに眺めていた。が、まもなくして、これも人間同士の不思議な力学で、なんとなくそういうものなのだろうと自然に受け入れられた。

あいかわらずＡＩも使わせてもらえない。

でも、いまぼくがいる現在は悪くない。

Voyage

月の高さ

#02 My height of the moon, and yours?

藤井太洋

Taiyo Fujii

XX-XX-XXXX

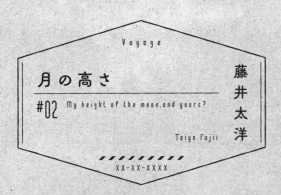

「――でとうございます」

遠い助手席から熱田《あつた》マリエの声が聞こえてきた時、私はサイドミラーを輝かせたハイビームに目を細めたところだった。ついさっき後方に見えた乗用車が、法定速度で左レーンを流している私のトラックを追い越そうとしているのだ。時速140キロメートルは出ているだろう。

私は、ただ手を添えていただけのハンドルを軽く握って車線境界線に意識を向けた。速い車に気圧《けお》されて左に寄ってしまうと、背後を同じ速度で走っているトラックの追い越し欲を誘ってしまう。

遠ざかる乗用車のテールランプが見えなくなったところで、私は熱田に話しかけられていたことを思い出した。

「ごめんごめん。聞こえてたんだけど、なんだっけ」

「おめでとうございます、って言いました。ノンアルのビール買ってきましたので、どうぞ」

差し出された500ミリリットルのアルミ缶には、大きな金色の「0」が描かれていた。初めて見るブランドだ。

「ありがとう。嬉しいけど、それは運転中に飲めるやつ?」

「大丈夫です。アルコールが0・0パーセントって書いてありますから」

「こっちのドリンクホルダーに挿《さ》しておいて」

サイドブレーキの左側にある物入れの前を指差すと、体をこちらに倒した熱田が右肘《ひじ》をついて、左手でアルミ缶をドリンクホルダーにねじ込んだ。4トントラックの運転席は広い。

礼を言った私は、熱田が足元に置いたレジ袋に、まだ何本かのアルミ缶が入っているのに気づいた。休憩に立ち寄った国見《くにみ》のSA《サービスエリア》で買い込んできたものらしい。

「それさ――」私は、前方に顔を戻しながら熱田の足元を指差した。「座席にあげておいてよ」

「いいんですか?」

「足元に物を置かないで欲しいんだ。何かがアクセルとかブレーキの下に挟まると怖いからさ」

「あ、ごめんなさい」

熱田はレジ袋を膝《ひざ》の上に載せた。

「冷たいものは、私のクーラーボックスに入れておいていいよ」

私は運転席の後ろの空間を肩越しに指差した。このトラックは、座席の背後に簡易ベッドとしても使える幅60センチほどの空間が用意されている。そこに私は、キャンプ用のクーラーボックスを置いてある。座席の後ろを手探りした私は、ストラップを引いてクーラーボックスを助手席の方へと引きずり出した。

「中には、小さいけど本物のビールが入ってるよ。飲んでいいよ」

クーラーボックスを手元に引き寄せた熱田が、ぐるりと回るファスナーを開いて中を覗《のぞ》きこむ。

「本当だ、かわいいビールが入ってますね。どうして入れてるんですか？」

「今日、仮眠をとる前にひとくちだけ飲もうと思ってね。二つ入ってるはずだから片方は飲んでいいよ。そのまま熱田さんは寝ちゃっててよ。助手席で悪いけど、明日の仕込み隊長を寝かさなかったら、私が怒られちゃうから」

熱田はレジ袋に入っていたノンアルコールビールの缶を、クーラーボックスに移しながら笑った。

「さすがに助手席で飲んじゃうのはまずいでしょう」

「べつに」

冷たい言い方になったかと思ったが、熱田は気にしていないらしい。「いやいやいや」と言いながら、顔の前でおおげさに手を振った。乗用車の倍ほどにも遠く感じる助手席にいるので、リアクションが大きいのはありがたい。

「もしも與江《あたえ》さんに何かあったら、私がトラックを動かさないといけないでしょ」

「熱田さん、中型持ってるの？」

「え？　これ、普通免許《ふつうめんきょ》で乗れないんですか」

「あはは」私はハンドルを叩いた。「こいつは4トンロングだからね。中型持ってないと運転しちゃいけないんだよ」

助手席で身をよじった熱田は、尻のポケットから財布を取り出して運転免許証を見つめた。

「入ってないです」

「そりゃそうだ」

「與江さんは、中型取るのに教習所とか通ったんですか？」

「いいや」

「じゃ、無免許？」

「まさか。昭和生まれは、普通免許に中型がついてるんだ」

正確には、平成十九年より前に普通免許をとった人が対象だったはずだが、今の四十代ぐらいまでは高校を卒業したタイミングで教習所に通うことが多かった。同年代の免許持ちはほとんどが4トンに乗れると考えていい。

「なんですかそれ。ずるい」

「ずるいよ。年寄りボーナスだもんな。でも、いいことばっかりじゃないぞ。運転できると、いろいろ押し付けられる」

「そうかもしれませんけど、私たちしかいない時はどうなるんですか。今日だって與江さんに何かあったら、誰が運転するんですか」

「私に何かあったら――」

どうするんだろう。

このトラックは、明日、五月二日から四日間、弘前《ひろさき》の小劇場天敷《あめしき》ホールで公演を行う東京の小劇場劇団の大道具を積んで走っているのだ。

東京近郊にいるなら私の勤務先である総合美術の同僚を呼び出せば、運転を代わってもらえるが、東北自動車道で福島県を越えてしまった今、トラブルに対処するすべはないし、保険をかけておくような仕事でもない。

私がこの仕事について聞いたのは昨日の昼過ぎになってからだった。

朝も遅くに中野《なかの》の自宅のアパートから経堂《きょうどう》にある総合美術のスタジオに出勤した私は、テレビ用の舞台装置の積み出しを手伝って事務所に戻った。そこで摑《つか》んだ伝票が、この仕事だったのだ。

大泉学園《おおいずみがくえん》駅にある劇団の倉庫から青森県の弘前市にある劇場まで舞台装置を運び、仕込みを手伝って、本番つきを四日間やってからバラした装置を持って帰る五泊六日の旅公演スタッフ。身分は、ドライバー兼、舞台美術アシスタント兼、舞台監督アシスタント、といったところだ。総合美術の売り上げは十五万円で、私の取り分は十万円。悪くない仕事だ。

劇団は、二子《ふたこ》玉川《たまがわ》にあるＩＴ企業のサークル活動から始まった異色の劇団アイ・ミラージュ。動員数はまだ五百名に満たないというが、コンピューターグラフィックスを舞台に投影するプロジェクションマッピングを行う目新しさで、私の耳にも名前だけは入っていた。

今回の旅公演は、アイ・ミラージュの制作スタッフが個人的に交流していた韓国の劇団との合同公演だという。韓国政府の文化支援基金が、アイ・ミラージュのことも補助してくれたらしい。

舞台監督はベテランの三好花恵《みよしはなえ》、照明と音響は総合美術に発注していて、やはりベテランの遠谷義彦《とおやよしひこ》と海野《うんの》豊《ゆたか》が担当する。三好と遠谷、海野の三人は機材を総合美術の倉庫に預け、午後の新幹線で弘前に向かっていた。

事務所で公演の概要を聞き、ユーチューブでアイ・ミラージュの舞台をざっと眺めた私は、4トンロングの日野《ひの》レンジャーに三人の機材を積んで、大泉学園駅の近くにあるアイ・ミラージュの倉庫に向かった。

座標で示されたグーグルマップのナビを信じて住宅地の狭い路地を通り抜けた先にあったのは、小学校の跡地を利用した文化施設だった。かつて校門だった柱には、NGOとNPOらしい名前が彫り込まれたアクリル板が飾られていた。アイ・ミラージュの名前がなくて不安になったが、最下段の下に貼り付けてある、はがれかけのテプラに、はっきりと名前が記されていた。

校門から中にトラックを入れると、体育館の前で、一眼でそれとわかる舞台人が立ち上がり、こちらに手を振った。

黒いタンクトップの上に黒のジャンパーを羽織《はお》り、太めのブラックジーンズを穿いている女性は、腰にガチ袋（ベルトから下げる工具袋。以前は平台《ひらだい》を繋ぐためのガチという金具を入れていた）をぶら下げていた。それが、舞台美術チーフの熱田だった。

同乗者が女性だと知らなかった私は、総合美術の営業にクレームをつけた。

私の舞台歴は三十年、業界には知り合いも多い。そんな私が新人の女性スタッフと二人きりで長時間、外部の目が届かない密室に入るのは、総合美術のハラスメント防止条項に違反するはずだ。だが、法務に確かめた営業は、劇団も熱田も承知しているし、車内も映るドライブレコーダーをつけておけばいい、と言って私を押し切った。

何よりも私の背中を押したのは日程だ。ギリギリまで作業し、明日、朝一番に劇場入りしなければならない舞台美術のチーフを間に合わせるのには、このトラックに乗っていく方法がベストだったのだ。

それに、舞台に映し出す映像もまだ仕上がっていないという。大型のノートパソコンを開く作業スペースとして、新幹線は心許《こころもと》ないらしい。

体育館には公演に持っていく装置が手際良く積み上げられていた。大小合わせて三十枚のパネルは傷がつかないように黒布で包まれていて、人形《にんぎょう》（仮設壁の後ろにつける木製の脚）や箱馬《はこうま》（平台の下に置いて高さをつけるためなどに用いる小ぶりな箱）、黒幕、床に敷く黒のパンチカーペットなどの基本的な資材も、それぞれ梱包《こんぽう》済みだった。

アイ・ミラージュの公演を特徴付ける大型プロジェクターは、専用の樹脂製コンテナに入っていたし、小道具や衣装の入ったコンテナも、一眼でわかるように整理されていた。

資材をトラックに積んだ後、忘れ物がないかどうかを確かめるために体育館に入った私は、床に並べた平台に驚かされた。

アイ・ミラージュは、体育館の中に本番と同じ装置を建てて、芝居を作っていたらしい。残された平台は、その舞台の跡だった。

熱田には言わなかったが、この作り方はフランスの劇団から聞いた方法と似ていた。あの国では最低でも二週間、長ければ二ヵ月ほど劇場を借りて、舞台装置を作りながら稽古《けいこ》をして、芝居を練り上げていくのだという。どうやって利益を出しているのかと驚いたが、公演数が少なくても劇場が潰れないような補助金が出ていたり、拘束される役者への手当も、失業保険の形で補償されるのだと聞いて、納得した。文化の国というだけのことはある。

私が芝居の世界に足を踏み入れた、九〇年代あたりなら、東京でも似たようなことをやっている劇団があった。あの頃は分厚いアルバイト雑誌の中から演劇に理解のありそうな職場をいくらでも探すことができたし、上場企業に勤めていた劇団員は、高い可処分所得を芝居のために使うことができたからだ。

演劇に関係するステージまわりの仕事も多かった。私も大学で演劇をやりながら、生活費を総合美術のアルバイトで埋めているうちに、いつの間にかプロの舞台屋になった口だ。

熱田たちの世代はそういう面でも恵まれていない。

五年前に旗揚げしたアイ・ミラージュの主要メンバーは、みな二十代。主要メンバーはサークルを結成したIT企業を退職して、フリーランスのライターやWebデザイナーをしながら、演劇に打ち込む時間を捻出《ねんしゅつ》しているという。そんな中で、フランスのようなやり方を貫くのは立派だ。

舞台美術チーフの熱田は、フリーランスの舞台美術家として他の劇団の美術を引き受けているという。二十代の頃の私よりもずっと、志が高い。たいしたものだな、と思いながら助手席を眺めると、熱田は笑っていた。

「さっきの話ですけど、與江さんが動けなくなったら、どうするんですか？」

「ごめんごめん、運転してると言いかけていたことも忘れちゃうな」

「そういうもんですか」

思わず笑ってしまうと、熱田が頰を膨《ふく》らませた——かどうかは見えなかったが、不満そうな声でわかる。

「なんで笑うんですか」

「いや、中型を持ってても、この感覚がわからないとトラックは任せられないよ。運転八割、おしゃべり二割だよ」

「そんなもんですか。運転しながらおしゃべりするの、好きですよ」

「怖いなあ。とにかく、ごめん、余計なことを考えてた。それで、私が動けなくなったらどうするか、だよね」

「はい。答えないと、ビール飲んじゃいますよ」

「飲んでいいよ。もしも私が動けなくなったら運転代行を頼むから」

するりと出た答えに自分で驚いた。先ほどこの方法を思いつかなかったのは、それこそ運転ボケのせいだろう。

「トラックの代行なんてあるんですか？　ていうか、高速ですよここ。ＳＡまで来てもらうとか？」

「ま、そんな感じ」

「うっそ」

熱田が目を丸くする。

私は、悪そうに見えるように、唇の端を上げて笑った。

二十代の頃、総合美術から呼び出されて高速道路のバス停で降りて、トラックに乗り換えたことがある。もちろん違法だ。今回、もしも私が動けなくなれば一般道まで降りて近くのトラック運転代行会社に頼むことになるだろう。

「だから大丈夫。遠慮なく飲んでいいよ」

しばらく小さな缶を見つめていた熱田は、クーラーボックスにビールを戻した。

「やっぱりノンアルでご一緒します。私は、飲むと眠れなくなるんで」

「わかった。じゃあノンアルで乾杯しよう」

私はドリンクホルダーに挿したビール缶の向きを手探りで直し、プルタブを引き開けた。プシュッという音とともに、車内はビールそっくりの香りで満たされる。缶を持ち上げた私は、前を走るトラックとの距離を確かめてから助手席に缶を掲げた。

「乾杯。おつかれ」

差し出した缶に、熱田も自分の缶を軽く当てる。ぶつけた缶を手元に引き寄せ、飲み口の向きを確かめてから慎重に唇に当てると、先に一口飲んだらしい熱田が口を開いた。

「おめでとうございます」

「何が？」

「何って……」

見ると、熱田が呆《あき》れたような顔で私を見ていた。何か、忘れてはいけないことがあっただろうか。今日は四月三十日、いやついさっき日付が変わったから五月一日だ。零時を越えておめでとうと言うからには、五月一日のことに決まっている。

「誰かの誕生日か何か？」

離した飲み口をもう一度唇に当てて、ひとくちだけ口に含むと、おなじみの味が口の中に広がってくる。確かにアルコールは入っていないが、味だけで酔ってしまいそうだ。

「何言ってるんですか。れいわですよ」

「れいわ――ああ、元号か！」

私は大きく頷いた。「令和」と書かれた墨書の額縁を掲げた官房長官の写真をやたら目にしたのは、先週か、それとも先月のことだっただろうか。私が気になったのは、一文字目の最後の一画が「丶」で終わっていないことだった。それを誰かに伝えようとしても、スマホではどうやっても入力できなかった。

「令和かあ。口に出したのは初めてだよ。りょうわ、じゃないんだな」

「りょうわ？」

「ネットで画像しか見てなくて。りょうわだと思い込んでた。令和ね、令和、令和――」

言葉を染み込ませるように繰り返していた私は、ふと気付いた。

「改元って八日じゃなかった？」

「なんで八日なんですか」

「ゴールデンウィーク明けからとか……そんなわけないな。おかしいな。なにを勘違いしてたんだろう。とにかくありがとう」

私は、ドリンクホルダーからノンアルコールビールを持ちあげて、乾杯した時と同じように掲げた。

「令和元年、おめでとう」

「令和、おめでとうございます」

缶を打ち合わせてから、先ほどよりもたくさん口に含む。最近、飲む機会が減ったせいだろうか。ビールと区別がつかない。

「平成も、結構すぐに慣れたけど、令和もすぐに慣れるのかな。そういえば、熱田さんは平成生まれだよね」

「ええ。平成二年です」

つまり私が、高校三年生の時だ――。

「思い出した。八日だ」

「どうしたんですか？」

「さっき、令和が始まるのを八日だと勘違いしたじゃない。その理由を思い出したんだよ。平成が始まったのが、八日だったんだ。一月八日」

「よく覚えてますね」

「冬休みが終わる日だったからね」

「中学の？」

「高校。二年生の冬休みが終わる日かな。その日の夜はフェリーに乗ってたんだ」

「どこに行かれてたんですか」

「行ってた？」

ハンドルを握り直すと、熱田の疑問の意図するところがわかった。家族旅行の帰りだとでも思っているのだ。

「違うよ。実家は与論島《よろん》っていう、沖縄のすぐ近くにある島なんだけどさ、高校は鹿児島の本土にある寮付きの高校に通ってたんだよね。だから、フェリーに乗ってたのは、正月の帰省からの帰り」

「始業式って、一月七日にやるんじゃないんですか？」

「そうだよな……あれ？　確か土曜日だったんじゃなかったかな」

言うと思い出した。確かに、一月七日、昭和最後の日は土曜日だった。

天皇が崩御《ほうぎょ》したというニュースが流れた朝、実家の隣に住んでいた田畑《たばた》のじいさんが、竿《さお》のてっぺんにある金色の玉を黒布で包んで、半旗を掲げていたのだ。初めて半旗を目にした私は、田畑のじいさんが旗の位置をずらすのではなく、上の紐《ひも》をほどき、下の紐をそのままにして上下逆さに国旗を縛り付けていることに気づいてしまった。

帰省してからずっと続いていた自粛ムードや、崩御一色になったテレビに飽きていた私は、国旗を逆さまに掲げた田畑のじいさんに親近感を抱き、軽口を叩いてしまった。

「日の丸だから、逆さにしてもいいんですよね」

私を睨《にら》んだ田畑のじいさんは「明日、いつものように飾りたかったんだ」と、きつい島言葉で吐き捨てるように言って、家の中に引っ込んでしまった。帰省のたびに謝ろうと思っていたのだが、タイミングが合わず、その時のやりとりが田畑のじいさんとの最後の対話になってしまった。今なら絶対に口にしない。

なんだか居心地が悪くなってしまった私はシートの上で尻の位置を直してから、熱田に話しかけていた時系列を整理した。

「七日は土曜日だったんだ。私はその日の、正午に沖縄からやってきたフェリーに乗って、八日の朝に鹿児島に着いた」

「まる一晩？　そんなにかかるんですか！」

「そうだよ。沖永良部島《おきのえらぶじま》、徳之島《とくのしま》、奄美《あまみ》大島に寄りながらね。寮の同級生も集まってくるから、夜の十時ごろに奄美大島の名瀬《なぜ》港を出たら、甲板《かんぱん》に集まって宴会するんだ」

「へえ。じゃあ、平成になった時は海の上にいたんですか。何をしてたとか覚えてます？」

「ビール飲んで、甲板でひっくり返ってた」

「さっき、高校生って言ってませんでした？」

「いや、あの頃はみんな飲んでたよ。優等生も」

私は気の抜けかけたノンアルコールビールを口に含み、笑った顔を熱田に向けた。甲板でひっくり返っていたのも、ビールを飲んでいたのも事実だが、言う必要がないこともある。

元号が変わる時、私は名瀬港から乗ってきた同級生の姉に押し倒されていた。高校を出てすぐにデパートで働き始めていた彼女は、ビールとタバコを餌《えさ》に私を誘ったのだ。人生で初めてのビールは初めてのキスで口移しされたものだった。ビールはオリオンか、キリンラガーのどちらかのはずだが、味は全く覚えていない。

甲板には改元の記念に一杯やろうと考えた人が大勢出てきたのでそれ以上のことはなかったが、後で彼女の弟である同級生は「ヤンチャな姉が迷惑をかけた。鹿児島に戻りたくなかったらしい」と謝りにきた。それで終わりだ。

思い出して動揺したつもりはなかったが、ビールをドリンクホルダーに戻すとき、わずかにトラックの進路がぶれて、熱田がこそりと聞いてきた。

「何か思い出したんですね」

いいや、と言いかけた私は、ふとあの時に見えたものを思い出した。

「寝転がったのはフェリーの一番上の甲板で、二本ある煙突のちょうど間だった」

熱田は、その言葉だけでどんな船なのか思い当たったらしい。

「大型のフェリーだったんですか」

「そうだね。あの頃は奄美群島の生命線だったわけだし。それで、寝転がって空を見上げたら煙突の間に、オリオン座のベルトが見えたんだ」

「やっぱり何か隠してますね」

「なんでだよ」

「オリオンの話、今作ったでしょう」

「え？」

熱田は、斜め上前方に腕を差しのべた。ちょうど、四十五度ほどだ。

「一月七日の正月なら、オリオンはこの高さまでしかあがりません。真上に見えた、というからにはもう少し高くないと」

助手席からこちらに体を倒した熱田は、腕を上に向けて続けた。

「寝っ転がって見上げたんですよね。六十度……いや、五十五度ぐらいでないと、真上にある感じはしませんよ」

私は、前を走る宅配便の輸送トラックとの車間を確かめてから、熱田の姿勢を確かめた。

「そう、それぐらいの角度だったはずだよ。煙突の端にかかってたから——でも、どうしてそんなに自信たっぷりなの」

熱田が浮かべた笑顔は、意外なことに苦笑のようだった。

「アイ・ミラージュの舞台に映すプラネタリウムに、オリオンがよく出るんです」

「冬の芝居が多いの？」

「いや、高村《たかむら》——あ、演出なんですけどね、彼女はストーリーに関係する琴《こと》座とか、水瓶《みずがめ》座とか、シリウスとか、南十字星なんかを出そうとするんですけど、そこらへんの星座って、お客さんが見てもわからないんですよ。南十字星とか、小さいですし。それで、いっつもゲネプロ（本番前のリハーサル）で制作からダメ出しされて、オリオン座になっちゃうんです。誰でも形を知ってるから」

やはり、さっきのは苦笑いだったらしい。熱田は、ノンアルコールビールを、まるで本物のビールを呷《あお》るかのようにして飲み干した。

「一万人に見せるならいいんですけど、今の動員って五百人ですよ。演出のこだわってるところを見せる方が格好いいと思うんですけどね、私は」

「同感だな。こだわってることを口コミで広げた方がいい」

「でしょう？　でも高村はいつも折れて、オリオン座とか蠍《さそり》座とかになるんですよ。実際の位置に出すこと、という条件をつけて」

「へえ、なるほどな」

それで星座の高さに詳しいというわけか。

「だからオリオンの高さは……」

「どうしたの？」

熱田は、私に頭を下げていた。

「ごめんなさい、私が間違ってました」

「どうしたの」

熱田は右腕で大きな球を抱くような仕草をした。

「與江さんのお生まれになった島って、鹿児島のずっと南なんですよね。だからオリオンが高かったんです。地球の低いところから見るから」

熱田は肘の辺りに触れたようだった。

「ごめん、ちょっと見てなかった。次のＰＡ《パーキングエリア》で教えてよ」

言った後で、空を見上げるイメージが頭の中に浮かび上がった。確かに、見る場所の緯度によって星の高さは変わる。

「なるほどな。そういえば、台湾は月が高かった。満月が頭の上を通ったんだ」

「満月が？」

「そう。台湾で公演をやった後、打ち上げの帰りにホテルに向かう橋を渡っていたときに、街灯とは違う明かりが真上から照らしていることに気づいたんだよ。月だった。あの時は理由もなく外国に来たなあ、って思ったね」

「それ、冬ですよね」

「んーと、確か、そうだったかな。コート持ってって、いらなかったから」

「羨《うらや》ましいなあ。夏至《げし》の頃だと、台湾あたりでも、黄道《こうどう》が垂直になるんですよ。太陽の落とす影が消えるんです」

「それは見ものだな」

「劇団の旅公演ですか？」

「自分の劇団じゃないよ。総合美術の仕事」

台湾を最後に訪れたのは震災のあとだった。復興支援をしてくれた台湾の人たちに恩返しをしようということで作られた文化基金が、まわりまわって東京の小劇場団体に下りてきたのだ。大道具の輸送と現地での調整を引き受けた総合美術が、舞台関係の英語が少しだけ使える私を現地に派遣したおかげで、私は台湾の高い月を見ることができた。

この数年、そんな話はまるで聞かなくなった。支援を申し出てくれる団体や法人はあるのだが、円安と、おそらく経済が成長していないおかげで、劇団は国外に出ていけなくなっている。東京で小劇場ホールを三日間借りて、プロの照明、音響、舞台監督を雇って公演を打つのに必要な金額はざっくり百万円。内容はともあれ、この値段は三十年変わっていない。二十年前にフランスからやってきた小劇場の関係者は百万円の公演費用を「高い」と言ったが、私たちがフランスでいま公演を打とうとすると、スタッフのギャラだけで百万円ぐらいは簡単に溶けてしまう。

規則正しいリズムで流れていく高速道路の街灯が、熱田の顔にリズミカルに陰影を描いていた。私は、かけようとした言葉を、止めた。以前はいろんな劇団に言っていた言葉だ。

――君たちなら交流基金を使って海外公演できるよ。

もうそんな時代じゃない。

「まだ見たことがないなら、台湾ぐらいには行くといいよ。天文を知らない私でも、外国に来たなあって思ったんだから熱田さんならそれだけで楽しめる」

「そうだと良いんですけど――あれ、電話ですか？」

熱田がキャビンを見渡すと、バイブレーションの音が高まった。

た。

私は、サイドブレーキの左にある物入れを指差して、自分のスマートフォンでないことを伝えた。

「熱田さんのだよ」

「そうみたいですね、あれ？　ええと、どこだろう」

「ドアのポケットに入れてたでしょう？」

「ああっ、そうでした！」

ドアのポケットを漁った熱田は、大ぶりなスマートフォンを取り出した。

「舞台監督《ぶたかん》の三好さんです」

「すぐに出なよ」

スマホを頬《ほお》に当てる熱田の仕草からは緊張が漂ってきた。

「はい、熱田です。お世話になっています――」

深夜零時を回ったこの時間、仕込みの当日に舞台監督からかかってくる電話を平然と受けられる演劇人はいない。仕込みを担当する舞台美術チーフならなおさらだし、しかも相手は数々の伝説を残している舞台監督、三好花恵だ。彼女は九〇年代初頭、早稲田《わせだ》大学で生まれた女性劇団、シスターズ・プライドのゲリラ公演を何度も成功させてきた実力派の舞台監督なのだ。

熱田が頬に当てたスマートフォンからは、語尾を伸ばす三好の特徴的な声が漏れてくる。やはりトラブルらしい。その言い方でわかる。

私は運転に意識を向けながら、アイ・ミラージュの面々が舞台監督を「ぶたかん」と呼ぶ多数派だということを頭に入れた。学生の頃、東京大学に出入りしていた劇団で舞台美術を始めた私は、先輩たちにならって舞台監督のことを「ぶかん」と呼んでいたのだが、これがあまり一般的でないことを知ったのは総合美術でアルバイトをするようになってからだ。

舞台監督の方は「ぶたかん」でも「ぶかん」でも気にしない人の方が多いが、現場では多数派にしたがっておいた方がいい。みんなと異なる呼び方をしていると素人《しろうと》扱いされ、慣れた仕事をしていても余計な口出しをされてしまうことがある。

何せ今日は、三好が深夜に連絡を取らなければならないトラブルのある現場なのだ。できれば、荷下ろしや仕込みとは関係のない話だといいのだが——私は熱田の様子を窺《うかが》った。見開いた目はどこにも焦点があっていない。半開きの口を左手で押さえようともしていない。やはりトラブルだ。

私は、喉《のど》まで出かけたため息を飲み込んだ。参っているのは熱田で、私じゃない。

高速道路の灯《あか》りが、運転席の前からさしこみ、真上を通って熱田の顔を陰の中に塗り込めた。100メートル間隔の照明を三本通り過ぎたところで、熱田はようやく口を開いた。

「——ちょ、ちょっと待ってください、三好さん。いまさらですか？　劇場の図面が一尺（約30センチメートル）も違ってた？」

灯りのせいで、熱田の顔から血の気がひいているのかどうかはわからない。だが、漏れ聞こえてきた一尺という長さは私の背筋も冷やした。アイ・ミラージュが公演を打つ天敷ホールは、間《ま》口《ぐち》（舞台の幅）がわずか二間《けん》半（約4・5メートル）に相当する。十五尺）しかない小さな劇場だ。一尺も違っていれば、大きい方にズレていたとしても、小さい方にズレていたとしても、ただでは済まない。

「——はい、いや、でも、図面は三好さんから頂いたものを使ってるんですけど——それが違ってたんですか?」

《だから、ごめん!》

ちっとも謝っているようではないが、有無を言わせない三好の声がスマートフォンから響く。うかつなところはあるが、この説得力というか押しの強さが、彼女を「伝説の」舞台監督たらしめている理由の一つだ。

もう一つの理由は、トラブルに強いことだ。

三好の伝説の中で一番有名なのは、当日になって、ドレスの色を変えると言い出した有名な女優をなだめながらゲネプロを敢行し、二時間後には求められていたドレスを用意させたことだろうか。三島由紀夫《みしまゆきお》や寺山修司《てらやましゅうじ》に愛された、舞台の主《ぬし》のような彼女と対等に渡り合ったというわけだ。

主役級の役をあててもらった小劇場の役者がインフルエンザで倒れてしまった時も、三好はセリフと演出が完全に入っている演出のアシスタントを見つけ、代役に立てて本番を乗り切った。

私が実際に目にしたことがあるのは、フランスからやってきた演出家が、日本で制作していた舞台装置を気に入らなかった時だ。仕込み終わっていた大道具を解体するよう命じた三好は、アシスタントだった私に、劇場にある資材で新たな舞台装置を作らせた。

三好自身がトラブルに対処するわけではない。彼女は、トラブルを解消できそうなスタッフを見つけるのが抜群にうまいのだ。舞台監督として優れた資質だが、迷惑なのは押し付けられる側だ。それも、彼女はたった一人に押し付ける傾向がある。今回も、動いてくれそうな熱田に目をつけたのだろう。

だが三好に頼まれてトラブルに対処し、その後で報われた例を私は知らない。今回は三好にも働いてもらおう。

左腕を助手席の方に伸ばして手を振ると、熱田がスマートフォンのマイクのあたりを覆《おお》ってこちらを見た。

「相手は三好さんだよね」

「はい」

「お酒飲んじゃった、って言って」

「え？」

私はドリンクホルダーのノンアルコールビール缶を指で弾いた。

「ついさっき、令和のお祝いにビール開けて飲んじゃいました。ちょっと頭冷やすので、しばらく待ってください、って」

「あの……私が飲んだことにするん、ですか？」

「私が飲んでたらまずいでしょ」

「それはそうですが……」

「こうでも言わないと、三好さんは熱田さんだけに押し付けるよ」

熱田が目を見開く。

「彼女にも働いてもらって、劇団全員で対応しよう。時間を稼《かせ》いだら、こっちはこっちで対策を考えるんだ」

「わかりました――」熱田はそこで息を吸って、スマートフォンを頬に当てた。「ごめんなさい三好さん。実はさっき、ビール飲んじゃってまして――」

《はあーっ？》

呆れ果てた声がスマートフォンを震わせた。三好の出鼻はくじけたらしい。私は熱田に親指を立ててみせた。これでペースを変えられる。

《ビールだあ？　おま――ナビに座ってて飲むとか――だろう！》

切れ切れに耳に入る三好の罵倒《ばとう》に思わず笑いそうになってしまう。熱田は肩を縮めて「はい」と答えているが、大丈夫。あれは三好がいつでも繰り出せる演技だ。それだけ滑《なめ》らかに熱田を罵倒できるなら、第二、第三のプランを持っていてもおかしくはない。

私は、東北全図を映していたナビの画面に手を伸ばし、トラックを中心に地図を拡大した。目的地最寄りの大鰐弘前《おおわにひろさき》ＩＣ《インターチェンジ》はすぐに画面の外に押し出されてしまう。続けて、青森県、岩手県、宮城県という文字が画面の外に流れ去る。仙台《せんだい》の市街地を示す灰色のエリアが画面の半分ほどを占めたところで画面をずらし、ＰＡを確かめた。

次に入れるのは蔵王《ざおう》ＰＡ。今のペースで走れば十五分で到着する。

「あの、それで、三好さん。少し頭を冷やしたいので、次のＰＡまで待っていただけますか――何分かかるか、ですか？」

「四十分」

私は、スマホの向こうにいる三好に聞こえるように答えた。

《ありえねえよ。四十分とか、どこ走ってんだ――》

熱田はスマホのマイクを押さえて私に顔を向けた。

「二十分も走れば次のＰＡがあるでしょう、だそうです。あと、今いる場所を聞かれました」

「さすが三好だな」

高速道路のＰＡは15キロメートルおきに設置されている。深夜の東北道で、次のＰＡまで四十分かかるなんてことはない。だが、今はもう少し時間を稼ぎたい。私はナビの現在位置を指差して、スマホのマイク越しに三好に聞こえるような声で言った。

「いま、国見のＳＡを通り過ぎるところです」

熱田が驚いたような顔で私を見た。それも当然だ。熱田がノンアルコールビールを買ったのが国見ＳＡなのだから。ナビに描かれた現在地のすぐ先には、次の蔵王ＰＡが描かれていたが、私は繰り返した。

「いま、国見のＳＡの入り口を通り過ぎました」

熱田に顔を向けて目に力を込めると、彼女はようやく口を開いた。

「は……はい。そうです、国見を通り過ぎました。次は蔵王――はい、たぶんそうです。蔵王の

PAですね……」

私はダメだと手を振って、もう一度、大きな声で言った。

「蔵王はダメっすよ。小さくて、ネットもあるかどうかわかりません。菅生《すごう》PAまで行った方がいいですよ」

《菅生だとお？　なんでそんな先まで行かなきゃ――》

「今のはドライバーさんです。蔵王はネットが使えないかもしれないので、その次の菅生まで行きたいんだそうです――はい。私も、データをクラウドに置いてありますし、メールを受け取るならＷｉ‐Ｆｉがあるところじゃないと――はい。わかりました。では四十分後に。え、ドライバーさんが、誰か？」

私は助手席にギリギリ聞こえる声で囁いた。

「言わないで」

うなずいた熱田は「総合美術の方です。では四十分後に」と言って通話を止め、スマートフォンを膝の間に差し込んだ。

「三好さん、ご存知じゃないんですか？」

「何度も仕事したことがある。向こうも、私のことはよく知ってる」

「なら――」

「だからだよ」

三好が私を見つけたときのニンマリ笑う顔と、客席の隅々まで響く声が頭の中で再生される。

「ラッキー！　現場に與江ちゃんがいたんじゃん。皆の衆、この舞台の幸運に感謝せい！　與江ちゃんならどんな変更だってやれちゃうよん！」

全く、勘弁してほしい。

「彼女は私のことをなんでもやれると信じてるんだ。全部押し付けられるぞ」

「そうなんですか？」

「三好が」――おっと。「三好さんが、熱田さんに連絡してきたのはなんでかわかる？」

「いえ」

「私の同類だと思ってるんだよ」

「私が、與江さんと？」

自分を指差した熱田に、私はうなずいた。

「五十がらみの舞台屋と同じにされると嫌かもしれないけどね。私の目で見ても、かなりやりそうな感じがする」

前方を走るトラックのヘッドライトが、ＰＡのサインを照らし出す。ここからでは、まだあと何キロメートルかはわからない。

「それより何があったか、説明してみない？」

「もうすぐＰＡですよ。着いてからでもいいんじゃないですか」

「とりあえず話してみようよ」

返答はなかった。助手席を見ると真意を測りかねているらしく、熱田はこちらを見つめていた。格好つけたくないんだけどな――。

「運転してるドライバーの頭に入るように話せれば、整理できるよ。ひょっとすると、話すだけで解決するかもしれない」

菅生PAまでのサインがようやく読めた。あと10キロメートルだ。

「十分ぐらい話せるかな。やってみて」

「わかりました。今回使うホールはご存知ですか？」

「天敷ホールだよね。もちろん知ってる」

弘前市の繁華街、土手町通《どてまちどおり》の裏にある小規模ホールを知らない小劇場の関係者はいないはずだ。練兵場かそれとも造り酒屋だったのかは忘れたが、昭和初期の建物をリニューアルした煉瓦《れんが》壁のエントランスと、いつ行っても緑が保たれている芝生に彩られた前庭は、そのまま舞台になりそうなほど美しい。

少し変わったホールの名前は、創立者が敬愛していた青森出身の文学者、寺山修司の劇団「天井《てんじょう》桟敷《さじき》」からいただいたものらしい。もっとも、一九九〇年に柿落《こけらお》としした天敷ホールと、八〇年代に亡くなった寺山修司に直接の関係はない。三代目にあたる今のオーナーは、小劇場演劇が下火になると、朗読会や講演会などのためにもホールを貸し出して、独立経営を続けている。九〇年代にムンムンと漂っていた芝居小屋の雰囲気はもはや薄れてしまったが、風雪に耐えた煉瓦壁と床を覆うオイルウッドは時代を超えたものだけが醸し出すオーラに包まれている。

「学生時代の旅公演で三回、仕事でも二回行ったかな。今度で六回目だ」

「そんなに？」

「東北で小劇場の公演をやろうとすると、まず名前があがる有名ホールだからね」

「いや、そうじゃなくて、大学演劇で旅公演って、すごいですね」

いらんことを言った。

「まあね。九〇年代の話だよ。デパートや鉄道会社も小劇場の公演にお金出してくれたんだ。旅公演のスポンサーになってくれることも多かった。そういうのを、メント……じゃないな。なんとかっていってたな」

熱田が目を丸くしているのがわかる。あれから二十年。小劇場演劇をスポンサーしようなんていう話は国内から消えてしまった。今回、弘前で行うアイ・ミラージュ公演だって、韓国の文化支援基金がサポートしている劇団とのジョイント公演なのだ。

「とにかく、天敷ホールは格好いいからね。制作チームは東北でやるなら必ず巡業ルートに入れたがったよ。見栄えはいいし、いいお客さんもついてるし。熱田さんは、行ったことがあるの？」

「いいえ」

「いい劇場だよ、まるで――」

ヨーロッパの劇場のようだ――そう言いかけた言葉を私は飲み込んだ。ゼロ年代以降に演劇を始めた熱田たちの世代は、小劇場演劇がヨーロッパ遠征をしていたなんて話を知らない。どうも今夜は不用意だ。

きっと、平成に変わった日のことを話したせいだろう。私は、ドリンクホルダーに残っていたノンアルコールビールを飲み干して、空き缶を熱田に手渡した。

「缶は捨てておいてくれる？　それで、劇場がどうかしたの。間口が一尺違ってたって？」

「ええ。頂いた図面が違ってたみたいで」

「図面か――それは、ホールからもらった図面？」

うなずいた気配はあったが、私はあえて聞きなおした。

「ホールの図面が違っていたってこと？　ごめんね。声に出してくれないと話ができなくて」

「あ、はい。そうです。間口が、一尺大きかったみたいで」

「一尺は大きいな」

「はい……」

熱田が顔を伏せる。

アイ・ミラージュを一言で言い表すと「舞台に映像を投影する劇団」ということになるだろう。建築物の形や凹凸《おうとつ》に合わせて作成した映像を投影する、プロジェクションマッピングという手法を小劇場に持ち込んだ劇団だ。

今回の弘前公演では、ステージに吊るした大小三十枚ほどのパネルに映像を投射し、星空や雲、街並みが映し出される空間を七名の役者が動き回ることになっている。客席と舞台が離れている大ホールならそう難しくはない。だが、衣《きぬ》ずれや足音、息づかいまでも感じられる小さな劇場でプロジェクションマッピングをやれるのは今のところアイ・ミラージュだけだ。

昨日の夕方、装置を積み出した大泉学園の体育館には、公演を行う天敷ホールと同じ、間口十五尺、奥行き十尺の舞台が作り込まれていた。あそこで熱田は映像制作を行い、役者たちは稽古に打ち込んでいた。期間は三ヵ月か、それとも四ヵ月ほどだろうか。その期間の制作や稽古にギャラを出さない小劇場だからこそやれる手法ではある。

とにかく、そうやって作り上げた舞台の大きさが一尺もズレてしまうのは悪夢としか言いようがない。

舞台を埋めるように吊る三十枚のパネルは劇場に入るように再配置しなければならないし、何枚かは大きさや形を直すことになるだろう。もちろん、映像も直さないと使えない。私が手伝えばパネルは作り直せるし、熱田が映像を直す時間も作れるかもしれない。だが、明日の本番を控えた舞台にそんな時間はない。

演出家は新たなレイアウトでの演出プランを作らなければならないし、照明にも影響が出る。本番同様の舞台で稽古してきた役者たちも、新たな配置に慣れなければならない。

まずは、希望的観測からだ。

「三好さんの勘違いってことはないかな。例えば、ファックスでもらった図面が縮小コピーされてたりするじゃない。それを三好さんが読み間違えているとか」

「え？」熱田が顔をあげた。「今回の公演で使う劇場図面は、ＣＡＤデータですよ」

「データ？　紙じゃなくて？」

私が最後に天敷ホールを使ったのは、青森出身の映画俳優の凱旋《がいせん》トークイベントのセットを組むためだった。東京のテレビ局が入ったので、総合美術に依頼が来たという次第。劇場からファックスで送られてきたのは青焼きを手で整理した図面だった。しかも最小単位が一寸（3センチ）という頼りないものだ。

舞台に背景パネルを置くだけのセットなら一寸精度の図面でも構わないのだが、番組のディレクターは地元に帰った役者が客席に足を踏み入れる絵を欲しがった。客席の上にダウンライト付きの天井を作りこむよう命じたのだ。４Ｋ映像でもバレない精度で。

私は劇場に行き、昭和初期の構造物も残っている劇場をレーザー計測して立体のＣＡＤデータを起こし、総合美術の東京倉庫で客席天井を制作した。

天敷ホールの小さな搬入口を通るように三つに分割した天井は、劇場で完璧に組み上げられて、狙い通りにはめ込まれた。出来栄えは完璧。撮影の見学に訪れた劇場のオーナーが、客席に腰かけてからもしばらくは気づかなかったほどだ。「うおっ！」と叫び、目を丸くしたオーナーは、まばゆいテレビ用のライトに目を細めながら、舞台を仕込んだ私にどうやったのか聞いたのだが――まさか。

「ひょっとして、その劇場図面データって総合美術のファイルじゃなかった？」

「はい、そうですよ」

「……０・１ミリ精度の？　下手《しもて》の壁に倒れてる（舞台中央に向かって傾いている状態を示す用語）ってメモが入った図面？」

「はい。だから、正しいと思い込んでて……」

間違いない。熱田が受け取った図面は私が劇場のオーナーに渡したものだ。

「ごめん。それ、私が作った図面だ」

「はい?」

「まいったね。図面を書いたあとで、劇場の通路を直したんだね。法令通りに作ると、確かに一尺ぐらい舞台の間口が狭くなる」

「はい。狭くなったのは舞台の下手、です……」

熱田は膝の拳《こぶし》を握った。三好からの連絡が、勘違いの類《たぐい》ではないということがわかったのだ。

私は、菅生PAに入る坂道にトラックを進めた。

「三好さんに連絡するまで三十分ある。もう少し話し合おう。図面を用意しておいて」

熱田がバックパックからノートパソコンを取り出した。「はい」と言ったはずの彼女の声は、進入路の荒れた舗装を踏むタイヤの音に紛れて聞き取れなかった。

話し合うことなどないことを、私も、きっと熱田もわかっている。選択の余地はない。このPAで、可能な限り舞台装置を作り替えなければならないのだ。ここからの三十分、私と熱田が打ち合わせるのは、ここで作業がどこまで進められるのかということだけだ。

小劇場演劇には余裕がない。

まず金がない。百席のホールで、土曜と日曜にかけて四千円の公演を四ステージやったときの売り上げは、仮に満席でも百六十万円にしかならない。関係者に無料のチケットを配ったりもするので、「満員御礼」になる公演の売り上げは百万円といったところだろう。

この百万円から劇場に四十万円ほど支払うことになる。外部の照明、音響スタッフにも、プランニングと現場オペレーションの費用をそれぞれ十万円以上は支払わなければならない。きっかけの多い芝居なら、足代を支払って稽古場に来てもらう必要もある。

私や熱田のような舞台美術スタッフだってもちろん金を取る。幕を吊ってありものの書き割りを一枚用意するだけでも十五万円。平台に畳柄のカーペットを敷いて柱を二本立て、低いテーブルを置いただけの舞台でも、仕込み・バラシまで含めれば二十万円はとる。ドアや敷居などの作り物があれば五十万円ほどかかってしまう。大きな道具を運ぶときにトラックを使えば、仕込みとバラシで五万円、余計にかかってしまう。

チラシと当日のパンフレット、チケットも無料では作れない。小劇場を専門に活動している宣伝美術デザイナーならば安い印刷でも効果のあるデザインを考えてくれたりするが、二十万円はみておかないとまともなチラシは仕上がらない。

そして舞台監督だ。仕込みからリハーサル、客入れ、本番、バラシまで、全てを把握して、アマチュア劇団と劇場の間を取り持つ舞台監督とそのアシスタントに、日当を支払わなければならない。週末に四公演やる場合、十万円以下にはならないだろう。

締めて最低百十万円。つまり、外部に支払うお金だけで赤字になってしまっているが、かかる費用はこれだけではない。稽古場や小道具、衣装は、主催者の持ち出しになることが多いし、何度も改訂される脚本を関係者の数だけコピーする代金だってバカにはならない。

好きでやっているとはいえ、なんとかならないものかと思ってしまう。

とにかく金がないせいで、様々な部分で綻《ほころ》びが出てしまう。照明家も、音響も、衣装も、脚本も、演出も、役者たちも、常にどこかで無理をしている。

舞台美術スタッフに足りないものは劇場での時間だ。

＊

打ち合わせを終えた私は、前後を逆に駐車したトラックを降りて、人通りがない方に面した荷台に回った。

ここでパネルを直す。

荷台を開けた私は、一番手前に積んでおいた自分のバックパックを取り出して、柔らかなスウェットに着替えてから、作業用のスペースを作りはじめた。

アスファルトの上にビニールシートを敷いて、その上に資材として持ってきたベニヤ板を並べ、段差が出ないようにガムテープでつなぎ合わせていく。パネルを汚さないために、養生の帆《はん》布《ぷ》を敷いて、トラックの荷台の縁にＬＥＤの作業灯をクリップ留めしておいた。

最後に私は、熱田と打ち合わせたパネルの修正図面を、トラックの荷台にガムテープで貼り付けて、赤鉛筆をぶら下げた。修正しなければならないパネルは十二枚。暗い駐車場での作業になることを考えて、誤差は３ミリまで許容できる計画だ。

作業スペースができたところで、私は靴下を脱いで黒足袋《くろたび》を履き、スニーカーも雪駄《せった》に履き替える。「直し」では一度きれいに仕上がったパネルを踏みつけなければならなくなるので、土足は禁物。スニーカーも安全靴も使えない。だから木綿の足袋を履く。アスファルトに出るときは雪駄だ。

体育館で積み込んだパネルを、荷台の取り出しやすい位置に動かしてから、私はバックパックの工具を取り出した。ベルト付きのガチ袋を腰に締め、舞台屋が「ナグリ」と呼ぶ四角い頭の金槌と、小《こ》ガチ（細工用の小さな釘抜き）、厚刃のカッターナイフをそれぞれ専用のサックに落とす。

ナグリの代わりにネイルガンを使い、ベニヤ板を木材に留めるときには壁紙用のステイプラーを使ういまどきの舞台美術制作では、時代遅れになってしまった工具たちだが、今回のような「直し」では力を発揮する。

経師貼《きょうじば》りしたベニヤ板をカッターナイフで切断し、背面の骨組みも薄いノコギリで切断してから新たなサイズのパネルに仕立て直していくのだが、このときに、電動工具のネイルガンや建築用のステイプラーを使うと、釘やステイプラーの針がパネルに跡を残してしまうのだ。

パネルを傷つけかねない曲尺《かねじゃく》（直角の定規）はサックに差さず、ベニヤの端に置いておく。１メートルの長尺《ながじゃく》（金属の長い定規）も、パネルを傷つけないように裏に養生テープを貼って、作業スペースの脇に置いておく。

工具をぶら下げた私は、布手袋をつけて、口元を手拭いで覆う。手垢《てあか》や唾《つば》の跡をつけたくないためなのだが、立派な不審者の出来上がりだ。もしもトラックに「総合美術」と書いていなければば、私が見かけても通報するだろう。

　準備を終えると、助手席から熱田がやってきた。

「なんで着替えたの」

「いいじゃないですか」

　着替えた熱田は、私と同じ格好をしていた。上下は黒のスウェットで足元は黒足袋に雪駄。ガチ袋のベルトからは、体育館で見たネイルガンではなく、私の持っているのと同じ舞台用のナグリがぶら下がっていた。小ガチと、カッターナイフも私が使っているのと同じものだ。

　熱田も、私の道具が気になったらしい。自分のナグリをサックから抜いて、裏表を確かめた。

「同じナグリですね」

「選択肢はないでしょ。どうせ新宿《しんじゅく》の大江戸金物か、江戸川橋《えどがわばし》のアミダでしか買わないんだから。それより、パネルの直しは私だけでできるよ。映像を直したら？　そっちは私が手伝えないんだから」

「映像は助手席でも直せます。ＰＡを出てから劇場まで五時間はかかるんですよね」

「まあ、そうだけどさ――」

「何時間で直すつもりでした？」

「三時間」

「二人なら？」

「一時間かな」

熱田は一枚目のパネルをトラックから出して、帆布の上に寝かした。

「さっさと片付けて、仮眠とりましょう」

雪駄を脱いだ熱田が足袋で経師貼りしたパネルを踏みつける。私が作業エリアに置いていた曲尺を見つけた熱田は「借ります」と言って取り上げ、さっと測って耳にさしていた鉛筆でカットするラインを引いた。

私が差し出した長尺を「あざっす」と受け取った熱田は、裏の養生テープを確かめて、私を見上げた。

「さすがですね」

私は、思わず笑い声をあげてしまった。

「なんで笑うんですか」

私は首を横に振った。

「なんでもないよ」

三好が任せたがるのもわかる。熱田の手際は、まるで私自身が作業をしているかのようだったのだ。

「じゃあ、やろうか」

私もパネルを荷台から下ろし、番号を確かめてから熱田と同じように足袋の底で押さえこんだ。膝をつかないように注意してかがんだ私は、どこで聞いたのかすっかり忘れてしまったフレーズを口にした。

「慌てず急いで正確に」

「それ、なんですか？」

「心得みたいなもんかな。さ、やっつけちゃおう」

「はい！」

ガチ袋の中に手を突っ込んだ熱田は、ビールの小さな缶を取り出して作業スペースの脇に置いた。

「終わったら、乾杯してから仮眠ですよ」

長尺をパネルにそっと置いた私は、厚刃のカッターで表面の経師紙に切れ目を入れた。ここからは、何も考えなくても体が動く。

私と熱田は、口もきかずにパネルを直し続けた。

＊

右にカーブしていた保戸坂《ほどさか》トンネルを抜けると、正面の空から夜の色は消え去っていた。ナビを見ると、トラックはほぼ真東を向いていた。ずっと、北に進んできた東北自動車道は、いつの間にか東に曲がっていたらしい。サイドミラーに見えた背後の空には、まだ夜空が残っていた。

東北自動車道が二つに分かれる安代ＪＣＴ《あしろジャンクション》まで、あと数分といったところだ。

「もうすぐ五時。ゆっくり走っても間に合うね。映像のほうは終わった？」

「はい――あいたたた」

熱田が助手席で大きな伸びをした。ノートパソコンを膝に載せず、助手席の隣に置いて作業していたせいだ。

「大丈夫？」

「ええ。大丈夫です。あとはレンダリングするだけです。私は、今日一日はがんばれます」

「若いからだな。羨ましい」

もしも私が同じことをしていれば、既に使い物にならなくなっているはずだ。

上体を何度かひねった熱田は目を押さえた。

「バイザーおろしてもいいですか？」

「どうぞ。もうすぐ日が昇るからね」

私は物入れの上に置いてあったサングラスをつまんで、胸元にひっかけた。

「それでは失礼して――」

フロントウィンドウに手を伸ばした熱田が、言葉を止めた。

「どうした？」

「月が出てます」

「どこに？」

熱田は正面を指差した。

「ほんとだ。気づかなかった」

「そうですか？　あんなにはっきり見えてるのに」

朝の光が強まってくる空には、細い月が浮かんでいた。

「低いなあ」

「何言ってるんですか、さっき出たばっかりだからですよ。一時間もしないうちに太陽の光に負けて見えなくなりますけど、今日はここまで上がります」

熱田は笑って、バイザーまで腕を伸ばした。

「高くはないね」

「まあ、そうですね」

しばらく月を見つめていた熱田は、短く息を吐いてから私に顔を向けた。

「公演が終わったら、台湾に行ってみようとおもいます」

いいね。私はうなずいた。

「外国は初めて？」

今度は熱田がうなずいた。

「本当に、月が高く見えるのか確かめてきます」

「いいね。夏？」

「いいえ。冬に行くつもりです。月が真上に登るのを見てみたくて」

「影が消える方はいいの？」

「やめてくださいよ、迷っちゃうじゃないですか」

「ごめんごめん。でも、私も仕事でしか行ってないから、影が消えるなんて考えたこともなかったんだよね」

学生の頃の欧州巡業を皮切りに、二〇〇〇年代初めごろは台湾、東南アジア、韓国などを訪れているが、日中は暗い劇場に閉じこもっていたのだ。一度ぐらいは個人的に行くのも悪くない。そんな思いを感じ取ったのか、熱田は私の顔をじっと見て言った。

「私はどっちも見てきます」

いいじゃないか。

「来月？　夏至だよ」

「あはは、無理ですよ。冬ですよ、冬」

熱田は笑って天井を見上げた――ようだった。カーブに差し掛かったところで、私は意識のあらかたを道路に向けていたらしい。

だけど、熱田の声は聞こえてきた。

「オリオンは高く見えるんだっけ」

カーブを曲がり終えたところでちらりと顔を向けると、熱田は、天井に顔を向け、その先をじっと見つめていた。

「どっちも、必ず見ますけどね。高いオリオンも、影のない日も」

高い月も。

Voyage

ちょっとした奇跡

#03 A little miracle

小川 哲

Satoshi Ogawa

XX-XX-XXXX

カティサーク号の船尾には、酒瓶を掲げた魔女の像がある。チタンの合金を特殊な塗料で覆っていて、七十キロもの重量があるという。台座には「すべてのクルーは船のため、そして計画のため、常に最善の行動を取らなければならない」という格言が記されている。必要不可欠なものだけで作られた船において、その像と台座は一際目立っていた。

「魔女の像は、この船に載せることが許可された唯一の『無駄なもの』だ」

機関士長のゼンガンがそう教えてくれたことがある。ゼンガンはクルーの中で三番目に長生きで、四十二年前の大停止のときもすでに機関士だった。

「どうして像を捨てないの？」と僕は聞いた。カティサーク号には、エネルギーの消費を最小限に抑えるための厳格な積載物制限がある。そのルールは、まだ言葉も喋《しゃべ》れない赤子のころからきつく教えこまれてきた。船には食べきれない食糧を積むことも、使い道のない水を積むことも、働かない人間を乗せることも許されていない。必要以上に人口を増やさないため、男女比や出産は完全に管理されていて、許可がなければ子どもを産むことだってできないし、求められている性別でなければ中絶をしなければならなくなることもある。

もし積載量を七十キロ減らすことができたなら、代わりに僕たちはいろんなものを積みこむことができる。夜食用の保存食だって、通信用の端末やアンテナだって、暇をつぶすための前時代の玩具《がんぐ》だって。もっと言えば、僕と同年代の友人をノアズアーク号から連れてくることだってできるだろう。

「そもそもカティサークという名前の由来は、まだ地球が自転していたころに遡《さかのぼ》る」とゼンガンは答えた。「もともとはスコットランドの詩に登場する魔女に由来しているらしいな。その魔女の姿から名前をとった帆船《はんせん》があって、その帆船から名前をとった酒があった。二千年以上前に俺たちの船を作った人々は、カティサークの酒で船の完成を祝ったそうだ。そうやって船の名前が決まって、魔女の像が作られた。まあつまり、あの像には前時代を生きた『レーンの殉 教者《じゅんきょうしゃ》』たちの想いが詰まっているってわけだ。あの像にシンガリを任せることで、俺たちは安心して働くことができるんだ」

僕は「なるほど」とうなずいた。完全に理解したわけでも納得したわけでもなかったけれど、ゼンガンが「必要だ」と言うのなら、きっと像は必要なものなのだろう。ゼンガンの年齢になれば、きっと僕にもその意味がわかるはずだ。

「レーンの殉教者」は僕たちにとって神であり、始祖であり、英雄である――かつてそう教わったことがある。

神や始祖、英雄という言葉がピンと来ない僕にとっては、偉大な兄貴みたいな存在だ。

ずっと昔、遠い宇宙から天体が飛んできて、地球に引きつけられた。そのままどこかに飛んでいってくれたらよかったものの、その天体は居《い》候《そうろう》を決めこんで、二つ目の月になった。二つの月――「月」と「偽　月《フェイク・ムーン》」は反対方向から地球を引っ張り合い、地球の自転の速度は徐々に遅くなっていった。

自転が止まるとどうなるか。まず「一日」がなくなる。「一日」は地球がくるくる回っているから存在していたのだ。太陽に面している部分は常に昼になり、面していない部分は常に夜になる。太陽をゆっくりと公転する一年の間に、地球上のすべての地点が白夜と極夜を半年ずつ繰り返す。太陽が当たり続ける昼は灼《しゃく》熱《ねつ》の地獄《じごく》になり、光の届かない夜は酷寒の暗闇になる。自転による遠心力がなくなるので、赤道付近の海水が南北に流れだす。赤道の海が涸れて剝《む》きだしの荒地になり、緯度の高い地域は水没して陸地がなくなる。自転が生んでいた磁場がなくなり、地球には「太陽風《たいようふう》」と呼ばれる現象により高濃度の放射線が降り注ぐ。

昔の人類は、自転が完全に止まってからも生き残るため、大きく分けて三つの策を考えた。一つ、偽月を水爆によって消す策。二つ、月や火星に移住する策。三つ、地中深くにシェルターを作る策。どの策も最後まで真剣に考えられたようだけど、どれも致命的な問題があったようで、結局どれでもない策が採用された。少人数のクルーが収容できる乗り物を作り、気象条件や放射線の関係から、比較的生活しやすい「昼と夜の境目」を移動し続けるという四つ目の策だ。

そういうわけで、今地球には二つの船がある。公転に合わせて昼を追いかけ続けるカティサーク号と、ちょうど地球の反対側で夜を追いかけ続けるノアズアーク号だ。僕たちの船は時速五キロ弱で、地球をぐるりと一周する陸のレーンを走り続けている。そのレーンを整備するために、偽月を爆破する予定だった水爆が使われた。船のエンジンには、移住用に使われるはずだった小型原子炉とソーラーパネルが使われ、住居モジュールには地下シェルターの規格を流用した。

かつて、自転が止まりつつある地球で、生き残った人々は命を投げだして作業をした。蓄熱レーンを整備し、予備の原子炉と燃料ペレットや石油の備蓄を増やし、防護フィルターのために使うプラスチックを大量に生産した。保存食を大量に蓄え、過酷な環境でも栽培できる植物を品種改良した。そんな彼らの努力のおかげで、完全に自転が止まってからも（少なくとも少しの間は）人類は絶滅せずにすんだ。「レーンの殉教者」とは、そんな英雄たちのことを指していた。

「四月十七日」という標識の燃料ハブに到着したところで、カティサーク号が停止した。「小停止」と呼ばれている時間だった。

わんわんと大げさにサイレンが鳴り、減圧室で着替えをすませていた船外活動士が慌ただしく外へ出ていった。放射線で硬化した遮蔽材《しゃへいざい》を取り替え、ハブから燃料ペレットを積みこみ、ウォーターウォールの水を入れ替え、ソーラーパネルの清掃をするためだ。他にも小停止中には数々の仕事がある。原子炉の点検もそうだし、シェードガーデンでの植え付けもそうだ。それらの仕事のために、僕たちの船は約百二十時間ごとに六時間停止する。航海士たちにとっては貴重な休憩時間だけれど、船外活動士や機関士にとってはもっとも忙しい時間になる。見習い機関士の僕は、ＡＭＳ――小型原子炉自律整備システム――の再起動をして、各項目にエラーがないかひとつずつ確認した。

「燃料の入れ替えをするぞ」

船外活動士からペレットを受け取ったゼンガンが叫ぶように言った。「ＡＭＳのチェックが終わったらマオも加われ」

「オッケー」

圧力抑制室の水温に問題がないことを確認してから、僕もペレットの入れ替え作業に加わった。使用済みの防護ケースを受け取り、機関室の入り口まで運ぶ。カティサーク号のクルーは全部で百九十六人だったが、機関士は見習いの僕も含めて六人しかいない。僕たちが仕事をサボると船は動力を失い、次の昼がやってくるまでの半年間を、マイナス六十度の暗闇の中で過ごさなければならなくなる。

「マオ、防護ケースをリユースボックスに入れたら、そのまま船外でシェードガーデンの手伝いをしてこい」

ペレットを慎重に炉の中に入れながら、ゼンガンは僕にそう告げた。暇そうにしている他の機関士たちにも目を配り、それぞれに的確な指示を出している。どれだけ経験を積んでも、自分にあんな真似《まね》ができるとは思わない。

「オッケー」

僕は防護ケースを片付けて、接続ユニットからシェードガーデンと呼ばれる巨大なビニールハウスに向かった。輜重士《しちょうし》に加え、仕事を終えた船外活動士たちが、人工照明の手入れやヤミゴケの散布をしていた。僕はマスクを借り、人糞《じんぷん》を混ぜこんだ土の畝を整えてから、エンドウ豆の植え付けに加わった。昼を追いかける僕たちが植え付けしたシェードガーデンは、これから半年間続く夜の世界を生きる。植えられた作物は、ちょうど半年後にこの場所にやってくるノアズアーク号のクルーによって収穫され、彼らの貴重な食糧となる。その代わりに、ノアズアーク号の輜重士たちは「冷えたプール」と呼ばれる日陰のオアシスで食用藻やブロッコリーを栽培してくれていて、それが僕たちの食糧になるわけだ。地球の反対側で同じレーンを走る二つの船は、互いに支え合ってなんとか生活することができている。

シェードガーデンでの作業が終わると、カティサーク号との接続ユニットが切断された。船内に入った僕は機関室に戻り、何か仕事が残っていないか探した。二ヵ月後には「大停止」があるので、些細《ささい》なミスも犯したくなかった。

「AMS、すべての数値に異常なし。これにて機関室の小停止作業はすべて完了」

ゼンガンが船長にそう報告した。カティサーク号の出発予定時刻まではまだ二十分あった。

すべての仕事を終えて原子炉モニターの前で座りこんだ僕の目に、機関室の窓に映る真っ赤な月が見えた。あれは偽物の月だ。ある日のことやってきて、人類の迷惑も顧みずにどかっと居座り、反対側から地球を引っ張って自転を止めた張本人だった。僕は偽月に照らされた魔女の像に心の中で祈った。

「レーンの殉教者さま、もしあなたがたにこの想いが届くのであれば、ノアズアーク号に行かせてください。一度でいいのでリリザと会わせてください」

この三年の間、一度も欠かしたことのない祈りだった。

再出発したカティサーク号の小さなキャビンで、僕は日記を書いていた。

「四月十七日。前回から変わらずカティサーク号は百九十六人。男が百七人で、女が八十九人。今日は小停止だった。いつものことだけれど、ゼンガンには目と耳と脳が二十個ずつあるんじゃないかと疑ってしまう。右手でペレットを出し入れしながら、左手でＡＭＳのデータをプリセットしている。両耳で別々の報告を聞きながら、口では別のクルーに指示を出している。ゼンガンがいなくなったカティサーク号が無事に航行できるのか、僕には自信がない」

そこまで書いて、僕は最後の文章を消した。なんだかネガティヴな気がしたからだ。「ゼンガンがいなくなったあとも、残りの五人で頑張って埋め合わせていかなければ」

今書いている僕の日記は、次に到着する燃料ハブの保存ボックスに入れられることになる。そして保存ボックスの中身は、半年後に到着したノアズアーク号のクルーが受け取る。

僕の日記はノアズアーク号で機関士見習いをしているリリザに届く。リリザと僕は同い年だ。僕たちと同い年のクルーは他にいないから、彼女は人類で唯一の同級生だった。そのことを知っていた船長の勧めで、僕たちは四年前からこうして日記交換という名の文通を続けている。船外活動士を志望していた彼女が遺伝的に太陽風に弱いことがわかって機関士になった経緯も知っているし、彼女の父がノアズアーク号の機関士長だったことも、太陽病で去年亡くなってしまったことも知っていた。

僕の両親は二人とも船外活動士だったけれど、もう何年も前に死んでいる。「レーンの殉教者」たちが開発した高性能の防護服でも、太陽風を完全に防ぐことはできない。だから船外活動士の多くは早死にしやすいのだ。簡単な葬式のあと、僕は両親の肉を食べた。貴重なタンパク源なので、クルーの死体はかならず食べることになっている。味は覚えていない。激しく押し寄せてくる悲しみの感情が、脂やタンパク質の味を打ち消してしまった。もちろん、そういった経験もすべて、リリザには伝えてある。

日記を書き終えてから、僕はリリザの日記を読み返した。

「四月十二日。前回から変わらずノアズアーク号は百八十八人。男が八十四人で、女が百四人」

小停止明けのリリザの日記は、いつもクルー人数の報告から始まっていた。僕もその書き出しを真似るようにしている。日記は四月のものだったけれど、実際には半年前、ノアズアーク号が四月十二日のハブを通過したときに書かれたものだ。地球半周分離れた位置を走っている二つの船には、半年分の時差がある。

「今日は小停止の日でした。機関士長だった父が死んでから、いつも小停止はスリリングです。休みのはずの航海士さんたちが手伝ってくれるので、なんとか時間内に作業を終えることができています。次の大停止が怖くてならないけれど、みんなそのことはなるべく口に出さないようにしています。再出発後、甲板で新しい星座の名前を三つ覚えました。射手座のサジタリウスと山羊《やぎ》座のカプリコーン。もう一つは……忘れてしまったので、二つ覚えたことに訂正します。来年もまだ覚えていられるといいけど、すでに不安です」

リリザの日記を閉じ、ベッドに横たわってから、僕は端末を開いた。ライブラリーから本を選ぶ。天帝の娘が働き者の牛追いの男と出会い、恋をする。二人はめでたく結婚することができたが、娘はそれまで毎日していた織物をしなくなり、男は牛追いをしなくなった。すっかり怠け者になった二人に怒った天帝は、二人を天の川の両岸に引き離した。それ以来、年に一度、七月七日だけ、二人は会うことが許されている。

「牛郎織女《ぎゅうろうしょくじょ》」という題名の、リリザが好きだと言っていた童話だ。

僕はこの話に出てくる織姫と彦星が羨《うらや》ましかった。彼らは結婚することができたし、その後も一年に一度、会うことができたのだ。

僕はリリザと会ったことがない。そればかりか、今後も会うことはないだろう。彼女は常に地球の反対側にいる。僕の船が前に進むと、ちょうど同じ距離だけ彼女の船も前に進む。僕たちは半年分離れた距離で、永遠に追いつくことがない鬼ごっこを続けている。僕たち二人を隔てているのは星の川みたいな美しい障害ではない。カティサーク号の前には九十度を超える灼熱の大地と放射線に満ちた世界が広がり、後ろにはマイナス六十度を下回る酷寒の凍土と暗闇に包まれた世界が広がっているのだ。

翌日、「次の小停止は俺抜きで作業してもらう」とゼンガンが言った。新しいリーダーは副機関士長のカナセで、見習いだった僕が正式に機関士へと昇格する、とのことだった。

「隣で作業を見ているが、基本的には口出ししない。五人だけで頑張ってくれ。俺は四月二十七日の小停止が終わってからすぐ極夜の旅に出る。みんなとはそこでお別れだ。大丈夫、カナセは前回の大停止を経験しているし、何も心配することはない」

「私には無理ですよ」とカナセが言った。目にはうっすらと涙が浮かんでいた。

「心配いらないさ。お前とは四十年以上一緒に仕事をしてきた。だからよくわかるんだ。大丈夫、カティサーク号は止まらない。お前の実力を信頼しているよ」

僕は、カナセの涙が仕事に対する不安からくるものではないことをよく知っていた。単に機関士の仕事をするだけなら、ゼンガンがいなくてもどうにかなるだろう。カナセが泣いたのは別の理由だ。ゼンガンは頼れる機関士長というだけでなく、心の支えでもあった。僕たちの親であり教師であり、友人でもあった。僕だって、泣きそうになるのを必死に堪《こら》えていたからよくわかる。カナセは原子炉が心配で泣いているのではなく、ゼンガンがいなくなることに泣いているのだ。

今年は四十二年に一度の大停止の年だった。大停止では、船を動かしている二基の原子炉のうち、一基を新品と入れ替えるという大仕事をしなければならなかった。五日に一度の小停止とは違い、小さなミスも許されない作業だった。新しい原子炉がうまく作動しなければ、船はレーンを動けず、過酷な環境に晒《さら》されることになってしまう。

ノアズアーク号の機関士長――リリザの父――が亡くなったのは去年のことだ。そのせいで、ノアズアーク号は困ったことになった。機関士が三人に減った上、前回の大停止を経験している機関士がいなくなってしまったのだ。このままでは停止時間内に安全に入れ替え作業ができないかもしれない。完璧に計画され、計算された船の航海には、一秒の遅れも許されない。専用回線でその事実を話し合った二つの船の船長は、緊急事態のマニュアルに則《のっと》って、カティサーク号のゼンガンをノアズアーク号に送りだすことに決めた。ゼンガンはハブに用意された緊急用のMRVに乗ってレーンを逆走し、六日間も極夜の世界を旅してノアズアーク号に向かう。ノアズアーク号の大停止を指揮したあと、今度は向こうの船の機関士長として働く。つまり、ゼンガンとは永遠にお別れすることになるのだ。

「私に務まりますか？」とカナセが聞いた。

「ああ、大丈夫だ」とゼンガンが答えた。「それに、残りの四人がお前を支えてくれるさ」

予告通り、次の小停止でゼンガンは指示を出さなかった。カナセがゼンガンの真似をしようとしてクルーを捌《さば》ききれずに慌ててしまうことはあったけれど、なんとか時間内にすべての作業を終えることができた。僕たちはカナセの指示がなくても、自分が何をするべきかよくわかっていた。不思議なことに、自分の仕事を終えるとゼンガンの指示が耳に届く気がした。「冷却水の入れ替え作業が遅れてるぞ」とか「速度計算機の初期化が終わってないぞ」とか、そういったものだ。僕はその声に従って、遅れている作業を手伝ったり、想定外の問題に困っているクルーを手助けしたりした。

仕事を終えた僕たちに向かって、ゼンガンは「完璧だ」と手を叩《たた》いた。「俺がいなくても問題ない。まあ、そういう風にお前たちを鍛えてきたからな」

　船が再出発してから、いつものように魔女の像に向かって祈っていた僕に、珍しくゼンガンが話しかけてきた。

「なあマオ、前から思ってたんだが、仕事を終えたあと、いつも神妙な顔で魔女の像を見つめて何を考えているんだ？」

「昔、あの像に『レーンの殉教者』たちの想いが詰まってるって話、してくれたよね？」

「そうだったか？」とゼンガンがとぼけた。

「うん。だから、彼らに祈ってるんだ」

「何を祈ってるんだ？」

「それは秘密」と僕は答えた。

「俺にはわかるぞ、マオ」

　ゼンガンが笑いながら僕の肩を叩いた。

「どうしてわかるの？」

「俺もお前くらいの歳のころ、いつも同じことを祈っていたからな。リリザに会いたいんだろう？」

「ゼンガンも文通していたの？」

「いや、俺は一月に一度、通話していたんだ。昔は船間通信がかなり自由に使えたからな」

「で、祈りは届いた？」

「届いたとも言えるし、届いてないとも言えるな。俺はこうしてノアズアーク号に行くことになったけど、相手の女の子は二十年以上も前に太陽病で死んでしまっているからね。願いが届くのが遅すぎたってわけさ」


その晩も、僕は休まず日記を書いた。初めてリーダーを務めたカナセが戸惑っていたことや、いつもサボっていたクルーが真剣に働いていたことを面白おかしく表現した。

「四月二十二日。カティサーク号は一人増えて百九十七人。めでたいことに、今朝男の子が無事誕生した。これで男が百八人で、女が八十九人。今日は小停止だった。前から決まっていた通り、ゼンガンは一切口出しをせず、近くでクルーを眺めているだけだった。新機関士長のカナセが必死に指示らしきものを出そうとするのを見て、僕はずっと笑いそうだった。いつも一人で黙々と作業をしていたカナセが、ゼンガンの真似をしようとしているのがよくわかったから。サボり魔のコーベンはいつもゼンガンに尻を叩かれるまで突っ立っているだけなのに、今日は自分から率先して仕事を探していて、それも面白かった」

少し迷ったけれど、祈りの話やゼンガンとの会話のことは書かなかった。照れくさかったからだ。

日記を閉じたあと、僕はキャビンを出て甲板に向かった。小停止明けの甲板はいつも閑散としている。機関士や船外活動士は疲れて寝ている人がほとんどだったし、航海士は仕事中だからだ。昼を追いかけ続けるカティサーク号は、小停止中を除いて船首側の四分の一が昼の世界にあって、船尾側の四分の三が夜の世界にある。船首にはソーラーパネルが敷き詰めてあり、その下では船尾から送られた氷を太陽熱で溶かしている。船首で溶けた氷は、除染されて飲料水や生活用水として使われてから下水を通り、濾過《ろか》されて船を包むウォーターウォールになる。ウォーターウォールの水は原子炉を経て船尾に貯められ、夜の世界で凍らされてから船首に戻される。

夜を追いかけ続けるノアズアーク号では、船の仕組みが概ね逆になっているらしい。船首が夜の世界にあって、船尾が昼の世界にある。基本的に同じシステムを使っているが、その逆転が細かな部分で差になっているという。昼を追いかける僕たちにとって太陽は希望の象徴で、光に照らされたレーンは未来を意味するものだ。だからこそ僕たちは「レーンの殉教者」を信仰している。だが、夜を追いかけるノアズアーク号にとっては月や偽月こそが希望の象徴であり、レーンは過去を表すものだ。彼らは太陽を忌むべきものだと考えていて、レーンよりも燃料の方が重要なものだと考えている。そんなことを知ったのも、リリザと日記を交換してきたからだった。

僕はウォーターウォール越しに広がった、遮るもののない星空を眺めた。ノアズアーク号の人々は、夜空の星々に祈るという。それらの光のどこかから救世主がやってきて、地球の自転を元に戻してくれることを願うらしい。僕は星々を見ても、単なる点の集合だとしか思えない。だからこそ、天の川に隔てられた織姫と彦星に「羨ましい」以上の感想を持てない。

僕たちは時速五キロで前に進み続けているけれど、光はその何億倍もの速度で進んでいるという。そんな速さでも、星々の光が地球に届くまでには何百年とか何千年とかの時間がかかるという話を聞いたことがある。

夜空を眺めたときに僕が感じるのはそんなことだ。何百年、何千年という時間だ。

僕たちは公転に合わせ、昼と夜の境目を一定の速度で移動し続けている。そんな僕たちにとって、時間と距離は同じ意味を持っているのだ。日付や時間は、レーンにおける船の位置と完全に一致している。たとえば次に到着する四月二十七日の燃料ハブは、四月二十七日という位置であり、日付でもあるのだ。そうやって、自転が止まってから、僕たちは二千回以上ずっと、一年の同じ日に同じハブを使い続けてきた。僕たちの航海は、二千年以上前にすべて計算され、計画されたものだった。僕たちにできるのは、その計算と計画に黙って従うことだけだ。自転が止まる前の世界で「レーンの殉教者」たちが大量に貯めこんだペレットや保存食を少しずつ取りだし、一切無駄にしないように気をつけて使いながら、決められた速度でぐるぐると同じ場所を回っている。そして四十二年に一度、あらかじめ決められた手順で小型原子炉を新品と取り替える。原子炉ハブにはまだ新品の原子炉が五十八基残っている。カティサーク号とノアズアーク号はそれぞれ二十九基ずつ使うことができる。

僕たちは、自分たちの手で新しい原子炉や新しい燃料ペレットを作ることはできない。部品を作る技術も材料もないし、そんな余裕もない。ハブに残されたすべての原子炉とペレットを使いきれば、それですべて終了なのだ。僕たちは同じレーンを周回しながら、ゆっくりと死につつあった。それも計画のうちだ。僕たちは千年あまり先に、船を動かすことができなくなる。食糧も燃料も尽き、明けることのない夜の世界で凍え死ぬ。あるいは、暮れることのない日差しの中で焼け死ぬ。もちろん僕は、そのときにはもう生きていないけれど。

かつて、カティサーク号には「学者」という役割が置かれていたという。彼らは、はるか先に予告された絶滅という未来に争《あらが》うため、新しい策を考えることを仕事にしていた。何百年もの間、何百人、何千人が策を考え続け、「無理だ」という結論に至った。それ以来、カティサーク号から学者はいなくなった。船に搭載する価値がないと判断されたのだ。

リリザによれば、ノアズアーク号には今でも船に一人だけ、「学者」がいるという。貴重なエネルギーを使って、どこかにいるはずの宇宙人に向けてＳＯＳのサインを出し続けているらしい。リリザは「クルーのほとんどが学者のことをバカにしている」と書いていた。「でも、私は一人くらい、そういう人がいてもいいと思う。だって、そうじゃなきゃ夢も見られないから」

僕は大きくあくびをしてから甲板を後にした。結局のところ、僕たちは先人たちの計画に正確に従って、「今」を必死に生きるしかないのだ。未来のことは未来になってから考えればいい。いつもそんなことを考えて、答えもなく、ぐるぐると同じところを回り続ける思考にピリオドを打つのだった。

船長から突然呼びだしをくらったのは翌日のことだった。僕のキャビンにやってきたゼンガンは、いつになく真剣な顔で「船長室に行くぞ」と言った。

「僕が？」

「そうだ。船長にお前を連れてこいと言われたんだ」

居住区画の階段を上がりながら、「どうして？」と僕は聞き返した。

船長室に入るのは三度目だった。一度目と二度目は、父さんと母さんがそれぞれ死ぬことが決まったときだ。太陽病で働けなくなった彼らが安楽死することになったと、船長から直接伝えられた。

僕にはもう肉親はいない。だからこそ、僕は船長に呼ばれたことの意味がわからずにいた。もしかしたら、と僕は考えた。先日のメディカルチェックで、僕の体に異常が見つかったのかもしれない。僕の安楽死が決まったと、船長から直接伝えられるのではないか。

「船長から直接聞け」とゼンガンは答えた。

「僕、死ぬの？」

そう聞くと、ようやくゼンガンが笑顔を見せた。「そんなわけあるか」

船長室と言っても、特別な造りになっているわけではない。僕たちの船に贅沢《ぜいたく》の余地はないからだ。通常の大きさのキャビンから接続した小さな執務室があるだけで、船長は部屋の両脇から吊るされたハンモックに腰掛け、端末に何かを打ちこんでいた。

「よく来たね」

短く切り揃《そろ》えられた真っ白な髪が、室内灯に反射してオレンジ色に輝いていた。船長はこの船で一番の長生きだった。前回の大停止を経験しているだけでなく、前々回の大停止のときにもすでに生まれていたらしい。機関士出身で、ゼンガンも昔は船長の部下だったという。

「マオくんにクイズを出そう」

端末の操作を終え、こちらを見た船長がそう言った。

「今、カティサーク号には何人のクルーがいるか知っているか？」

僕は即座に「百九十七人です」と答えた。クルーなら誰でも知っている事実だった。

「その通り」と船長がうなずいた。「そのうち、男が何人で女が何人かな？」

「男が百八人で、女が八十九人です。また、子どもと妊婦を除いた生産人口は七十九人と六十一人です」

「よく勉強しているね、素晴らしい」と船長が満足そうな表情を見せた。

「ご希望であれば、各職種別の人数まで言えます。何を措いてもまず、クルー人口の厳格かつ正確な管理が、カティサーク号の恒久的な航海のために必要不可欠だからです」

それを聞いた船長が笑った。「君は将来、優秀な船長になるだろうね」

「ありがとうございます」

「じゃあ、もう少し難しいクイズを出そう。ノアズアーク号のクルーの人数はわかるかな？」

「百八十八人です。そのうち男が八十四人、女が百四人です」

「素晴らしい」と船長が深くうなずいた。「でもそれは、少し前のデータだね」

もちろんそうだろう、と思った。僕がその数字を知っているのは、リリザの日記に書いてあったからだ。彼女の日記は半年前に書かれたものだから、当然現在の数字とは異なるだろう。

「今は百八十七人だ。男が八十四人、女が百三人。ちなみに、船の理想クルー人数は知っているかな？」

「男九十四人、女九十八人の計百九十二人です」

「その通り。実によく勉強している」

「『すべてのクルーは船のため、そして計画のため、常に最善の行動を取らなければならない』という教えを守ったまでです」

「さて、これらのデータを総合すると何が言えるかな？」

「カティサーク号は男の人数が余り気味で、ノアズアーク号は男の人数が不足しています」

「その通り」

「僕には程度がわかりませんが、比率の面から言えば問題があるかもしれません」

「そうだ。わずかな誤差が、完璧に計画された航海に歪《ゆが》みを生むんだ」

「しかしながら、次の小停止後にゼンガン機関士長がノアズアーク号に移籍します。それによって、人数差は多少是正されるはずです」

船長は何度目かの「素晴らしい」をつぶやいてから続けた。「でも、ゼンガンはすでに生殖適性年齢を過ぎているから、男女比の是正にはならないね」

「はい」と僕は返事をした。我ながら間抜けな返事だと思ったけれど、それ以外に何も思いつかなかった。

「君も知っている通り、次のハブに置いてあるＭＲＶを使って、ゼンガンはノアズアーク号に向けて旅立つ。向こうの機関士が足りていないからだ。加えて言うと、ＭＲＶは二人乗りだ。もともとは船外活動中に遭難した人を救助するためのものだからね。さて、この条件下で、カティサーク号の船長である私が下すべき、最善の決断とはどのようなものだろうか？」

僕は少し考えてから、答えを思いついた。口にしようとした瞬間だった。それまでずっと黙って話を聞いていたゼンガンが、「あまりにも卑怯《ひきょう》です、船長」と言った。

「卑怯とはどういうことだ？」

「船長は、船の決定をマオ自身の口から言わせようと誘導しています。マオは非常に優秀なクルーですから、自分が置かれた状況について理解しているでしょう。それを利用して、自分の責任を軽減しようと画策するのは卑怯だと思います」

「それもそうだね」と船長が言った。「そういうつもりではなかったが、たしかに君の言う通りだよ、ゼンガン」

船長はハンモックから立ち上がり、僕の目を見据えた。前に船長室に来たときは僕より背が高かったけれど、今では僕の方が高く、船長はこちらを見上げていた。それでも、船長としての威厳は健在だった。誰よりも長い時間、船とともに走り続けてきた人間の眼差《まなざ》しのようなものを感じた。

「マオくん、ゼンガンと一緒にノアズアーク号へ向かってくれないか？　これは、二つの船を管理する上で必要かつ重要な措置なんだ。君とゼンガンは二人でMRVに乗り、極夜の旅をする。もちろん簡単な話ではない。君は残りの人生のすべてを向こうの船で過ごすことになる。カティサーク号に戻ってくることは二度とないだろう。すでにノアズアーク号の船長とは話がついている。君もよく知っているだろうが、我々二つの船のクルーは、お互いが支え合わなければ生きていくことができないんだ。もちろん、決めるのは君だ。どうしても嫌だと言うのなら、他の適任者を探す」

僕が返事をするより早く、ゼンガンが口を挟んだ。

「俺の個人的な考えを言っておくぞ、マオ。お前が俺についてくる必要はない。お前は優秀な機関士だ。俺だけでなく、お前までいなくなればさすがのカナセも困るだろう。いや、お前だけでなく、この船の誰もがついてくる必要などないんだ。極夜の旅には危険も伴う。それに何より、MRVに乗れば、お前は生まれてからずっと、十四年過ごしてきた船を永遠に離れることになる。この船にはお前の仲間がいるし、苦楽を共にした同僚もいる。誰か一人に会いたいからと言って、すべてにさよならする必要なんてないんだ。一生後悔することになるかもしれない」

僕は「いや、一人じゃないよ」とゼンガンに向かって言った。「ノアズアーク号にはゼンガンもいる」

「俺なんて、どのみちもうすぐ死ぬだけの老いぼれだ」

「いいんだ。僕は優秀なクルーなんでしょ？　だったら『船のため』に行動しないと」

僕は船長に向かって「行きます」と答えた。「『すべてのクルーは船のため、そして計画のため、常に最善の行動を取らなければならない』」

船長室を出てからも、ゼンガンは不機嫌そうだった。僕のキャビンの前で「もう一回ゆっくり考え直せ」と言ってきた。「これからずっと、知らない船で生活することになるんだ」

「そんな重要なことを、ちょっと話を聞いたくらいで決めていいのか？」

「わかってるよ」

「僕はもう子どもじゃないよ。自分がどういう決断をしたのかよくわかってる。それに、今回の決定は、船長からのプレゼントかもしれないと思ってるんだ」

「どういうことだ？」

「そもそもリリザと日記交換するように勧めてきたのが船長だったからだよ。船長は僕たちが今でも日記交換を続けていると知っているはずだ」

「あの男がそんなことをするとは到底思えないね」とゼンガンが言った。「あの男が考えているのは、船を安全に、そして計画通りに進めることだけだ」

「知ったような口をきかないでよ」

ゼンガンはまだ何か言いたそうだったけれど、僕は何も言わずに強引にキャビンのドアを閉めた。そこで会話が断ち切られた。しばらく立ちつくしてからベッドに腰掛け、端末に保存していたリリザの日記を開いた。四年前、初めて受け取った彼女の日記には日付もクルー人数も書いてなかった。

「こんにちは。私はリリザ、十歳です。船長に言われて、初めて文章を書いています。今日はお父さんの誕生日だったので、お姉ちゃんと一緒にレーションのクッキーを食べることができました。とてもおいしかったです」

そこから順に日記を読み進めていく。一年後に、はじめて僕の名前が出てくる。

「ハブでマオくんの日記を受け取ると、いつも不思議な気持ちになります。半年前にこの場所をカティサーク号が通ったんだ、ということが実感できるのです。私は常に、マオくんから半年遅れて生きているようです。あ、でも、私が知ってるマオくんは、いつも私より半年若いわけで……。どういうことなんだろう。とにかく同い年だというのに、そういう感じが全然しません」

一年前の日記にはこんなことが書いてあった。

「ときどき世界が真っ暗になって、自分たちが生きる意味なんてあるのだろうか、そういう気持ちになります。燃料ペレットもレーションも、周回するごとに数が減っていくだけです。私たちは車輪をすり減らしながら、逃れられない運命に向かって同じ場所をぐるぐると回っているだけなのではないか。そんなとき、私はカティサーク号やマオくんのことを考えます。地球の反対側には、運命をともにしたクルーがいるのだと思うと、なんとなく暗い気持ちが晴れるような気がするのです。もしかしたら、先人たちが船を二つ作ったのは、そういう理由なのかもしれません」

最新の日記には、珍しく「五十億年と千二百年」というタイトルがつけられていた。

「今日は甲板で太陽を見ました。久しぶりに話をした学者のランドルフは、太陽を指差しながら『どのみち五十億年後、地球は膨張した太陽に飲みこまれる運命にあったんだ』と言いました。『なんとか地球から脱出できたとしても、千億年後には宇宙の寿命がやってくる。そうなればどこにも逃げ場はない。五十億年が千二百年になっただけの話で、俺たちはその運命を受け入れなきゃいけないのかもな』と。たしかに、五十億年も千二百年も、私にとっては気が遠くなるほど長い時間であることに違いはなく、ランドルフの言っていることもわかるような気がします。マオくんはどう思いますか？」

僕はリリザの日記を読み終えて、小さな机の上に自分の日記帳を開いた。

「四月二十三日」

僕はいつものようにそう書きだした。書いてから、この日記を誰のために書いているのだろう、と考えた。まだ気分は落ち着いていなかった。興奮もあったし、僕の旅に反対するゼンガンへの怒りもあった。

でも、間違いなく言えるのは、僕が「決定した」ということだ。ゼンガンが何を言おうと、僕は次の小停止で極夜の旅に出て、ノアズアーク号に向かう。僕は生まれて初めて半年間の時差を超え、日記が届くより先にリリザのところへ到着するのだ。

「珍しく船長から呼びだしがあった」

それでも僕は続きを書いた。ここで日記を書くのを止めれば、ノアズアーク号に向かう僕の気持ちが、何か不純なものになってしまう気がしたからだった。僕はリリザに会いにいくために旅立つわけではないし、ゼンガンについていくために旅立つのでもない。僕はこの船のクルーで、絶望の淵に立たされた人類のわずかな生き残りの一人だった。僕はあくまでも、二つの船のため、人類のために旅立つのだ。

「船長はノアズアーク号の男が少ないことと、カティサーク号の男が余剰ぎみであることを理由に、ゼンガンとともに極夜の旅に出る人間を探していた。旅に出れば、僕は二度とカティサーク号に戻れないだろう。酷寒の暗闇を六日間も走らなければならず、安全に到着できる保証もない。もちろん迷いがなかったわけではないけれど、僕は父さんと母さんのことを思い出して、『行きます』と返事をした。太陽病の痛みのあまり立てなくなった父さんは、自分から安楽死を申し出た。働けなくなった者を船に乗せる余裕がないことをよく知っていたからだ。二年後に同じ病気を発症した母さんも、やっぱり自分から安楽死を申し出た。葬式のとき、船長は父さんと母さんを『とびきり優秀なクルーだった』と言った。『すべてのクルーは船のため、そして計画のため、常に最善の行動を取らなければならない、ということを誰よりもよく知っていた』と。そのとき、僕は二人のような人間になろうと決めた」

本当のことを書いていない、という感覚はいつもより強かった。明らかに、僕は見栄を張っていた。でもその見栄は、いったい誰に対して張っているものなのだろうか。僕は半年後、自分の手でこの日記を拾うに違いない。それなら、僕は未来の自分に向かって見栄を張っているとでもいうのだろうか。僕はそれでも続きを書いた。

「たしかに、僕たちは千二百年後に滅びる運命にあるのかもしれない。でも、すべてのクルーがベストを尽くせば、千二百年は生きることができるんだ。五十億年と千二百年は同じかもしれないけれど、千二百年と千百年は違う。僕たちは最大限の努力をして、許された時間を目一杯生き続けないといけない。だから僕は旅に出る」

すべてのクルーは船のため、そして計画のため、常に最善の行動を取らなければならない——魔女の像に記されているその言葉を、呪文のように頭の中で何度も反芻《はんすう》した。

次の日から、ゼンガンと僕は機関士としての通常の任務から解放されて、六日間にわたる極夜の旅に向けた訓練を始めた。運転を担当するゼンガンはMRVの仕様書を広げながら、それぞれのボタンやレバー、パラメーターの意味を覚え、船外活動士から様々な注意点を学んだ。整備士の役割を与えられた僕は、MRVの構造を覚え、部品の名前と取替え方を学んだ。いざというときには僕が運転することもあるということで、最低限の運転知識も勉強した。

今ではMRVを使うのはレーンから離れた場所にある石油の備蓄基地へ行くときだけだったし、そもそも救助用に作られていたMRVには、三日間以上の長距離運転が想定されていなかった。僕たちは道中の燃料ハブで給油や整備点検をする必要があり、そういったときはどうしても車外で作業をしなければならなかった。僕とゼンガンは船外活動士たちがいつも着ている防護ユニットの着脱を練習し、実際に甲板の外にも出た。こうやって酷寒の外の世界に晒されるのは生まれて初めての経験だったけれど、感動などは特になかった。全身を断熱性の防護服が包んでいたので、凍えるような寒さを感じることもなかったし、周囲はすべてを黒く塗りつぶしたように暗いだけで、そこが本当に地球の上なのかもわからなかった。

僕とゼンガンは訓練の間、必要とあれば普通に会話をしていたけれど、どことなく重苦しい空気が残ったままだった。

訓練の最終日、いよいよ明日出発するという段になって、ゼンガンは僕に「すまなかった」と謝った。「お前のことをどこか子ども扱いしてたんだろうな。お前はもう立派な機関士だ。俺がお前の決定に対してとやかく言う権利はない」

「別に怒ってないよ、ゼンガン」と僕は言った。「むしろ、謝るべきは僕の方だ。たしかに僕は、ノアズアーク号に行けると知って浮かれていたと思う。でも、僕が極夜の旅に出るのは、二つの船の役に立ちたいからなんだ」

「お前は本当に優秀なクルーだ」と、ゼンガンが僕の肩を叩いた。


仲直りしたはずのゼンガンがものすごい形相《ぎょうそう》で僕のキャビンにやってきたのは、四月二十七日の小停止の日、つまり僕たちが出発する日の朝だった。

ゼンガンは「船長室に行くぞ」と言った。

「何かあったの？」

ゼンガンは「船長の前で説明する」としか答えなかった。

僕の手を引きながら大股で階段を登り、ゼンガンは船長室のドアを乱暴にノックした。部屋の中から船長が「入っていいぞ」と返事をした。

「あんた、マオに言うことがあるんじゃないのか？」

部屋に入るや否や、ゼンガンが喧嘩腰《けんかごし》でそう言った。船長はハンモックに腰掛けて、端末で仕事をしながら「旅路に気をつけて」と答えた。

「そうじゃないだろう」

船長は「申し訳ない」とこちらを見た。「君が私に何を言わせようとしているのか、本当にわからないんだ」

「まだとぼけるつもりか？　俺は知ってるぞ。今朝船外活動士に聞いたんだ。彼らは小停止中に備蓄基地へ向かうという」

「ああ、そうだよ」

「今さらどうして備蓄基地に行く必要がある？　俺たちのＭＲＶには満タンの液体燃料が入っている」

「ハブの燃料タンクを満たすためだ」

「それだ」とゼンガンが言った。「それがおかしいと思ったんだ。俺たちが四月二十七日のハブで給油をすることはない。それなのになぜ、ハブに液体燃料を用意するのか」

「もちろんＭＲＶの給油のためだ」と船長は答えた。

僕には意味がわからなかった。僕たちは使わないというのに、そのハブに給油用の液体燃料を残しておく意味などあるのだろうか。

「その通りだ。それがどれだけ残酷なことを意味するか、あんたはわかっているのか？」

「何が残酷なのかわからない」

「マオ、よく聞け。お前はＭＲＶに乗ってノアズアーク号に行く。それは、こっちの船の男が余っていて、向こうの船の男が足りないからだ。それと同時に、ノアズアーク号からもＭＲＶが出発するんだ。人口比と労働人口の計算をすればすぐにわかる。ノアズアーク号には女が余っていて、カティサーク号には女が足りない。四月二十七日のハブで給油するのは、ノアズアーク号を出発したＭＲＶだ。ＭＲＶにはおそらく、女が二人乗っているだろう。『レーンの殉教者』が定めた理想的なクルーの人口構成からすれば、十五歳前後と二十歳前後の女だ。いいか、お前と入れ違いで、リリザがカティサーク号にやってくるんだ」

誰かに頭を殴られたような衝撃が走った。僕は極夜の旅を終えてもリリザに会うことができない。僕たちはすれ違い、再び地球の反対側を走ることになる。

「俺が一番許せないのは」とゼンガンが続けた。「あんたがマオの気持ちを利用したことだ。そして、ノアズアーク号の船長はリリザの気持ちを利用したんだ。まだ若い二人に旅立ちを了承させるため、人員入れ替えの事実を伏せていたんだ」

「君は大きな勘違いをしている」と船長が言った。「たしかにクルーの入れ替えは事実だが、マオくんは誰かに会いにいくために旅立つわけではないはずだ。船の未来のため、そして『レーンの殉教者』の計画のために旅に出る、そうだろう？」

船長がこちらを見た。僕は頭が真っ白になっていて、何も答えられなかった。もしかして、船長が僕とリリザに日記交換をさせたのは、はじめから入れ替えのためだったのだろうか。僕たちの想いもすべて、「計画」の一部だったのだろうか。

「マオ、お前には旅立ちを拒否する権利があるはずだ。今からでも遅くはない。ここに残って、リリザが来るのを待っていていい。大丈夫だ。ＭＲＶくらい、俺一人でも運転できる」

僕の中で、様々な感情が混ざりあっていた。自分でも何を口にするべきか、そして何を口にしたいのか、まったくわからずにいた。ゼンガンが、そして船長がこちらをじっと見つめていた。

郵便はがき

料金受取人払郵便

小石川局承認

1025

差出有効期間
2021年12月
31日まで

112-8731

〈受取人〉
東京都文京区
音羽二―一二―二一

講談社
文芸第二出版部 行

書名をお書きください。

この本の感想、著者へのメッセージをご自由にご記入ください。

おすまいの都道府県

性別 男 女

年齢 10代 20代 30代 40代 50代 60代 70代 80代～

頂戴したご意見・ご感想を、小社ホームページ・新聞宣伝・書籍帯・販促物などに
使用させていただいてもよろしいでしょうか。 はい (承諾します) いいえ (承諾しません)

TY 000044-1910

ご購読ありがとうございます。
今後の出版企画の参考にさせていただくため、
アンケートへのご協力のほど、よろしくお願いいたします。

■ Q1 この本をどこでお知りになりましたか。

1 書店で本をみて
2 新聞、雑誌、フリーペーパー〔誌名・紙名 〕
3 テレビ、ラジオ〔番組名 〕
4 ネット書店〔書店名 〕
5 Webサイト〔サイト名 〕
6 携帯サイト〔サイト名 〕
7 メールマガジン　8 人にすすめられて　9 講談社のサイト
10 その他〔 〕

■ Q2 購入された動機を教えてください。〔複数可〕

1 著者が好き　2 気になるタイトル　3 装丁が好き
4 気になるテーマ　5 読んで面白そうだった　6 話題になっていた
7 好きなジャンルだから
8 その他〔 〕

■ Q3 好きな作家を教えてください。〔複数可〕

〔 〕

■ Q4 今後どんなテーマの小説を読んでみたいですか。

〔 〕

住所

氏名　電話番号

ご記入いただいた個人情報は、この企画の目的以外には使用いたしません。

すでに死んでいた父さんと母さんの視線も感じた。僕たちの船の未来を、五十億年と千二百年の話を思い出した。

僕は「いや、行くよ」と答えた。「クルーの誰かがわがままを言えば、簡単に船は止まってしまうんだ」

あまり時間に余裕がなかったせいで、僕たちの送別会はささやかなものだった。機関士の仲間たちに別れの挨拶をして、お世話になったクルーたちとも最後の握手を交わした。あっという間に小停止の時間になり、慌ただしく作業をする船外活動士の横で、僕とゼンガンは極夜の旅の最後の確認をした。

備蓄基地からMRVが戻ってくると、僕たちは入れ替わるように車に乗りこみ、操作系統の確認と点検を行った。これから六日間は車内灯とヘッドライト以外、一切の光のない旅路になる。車のどの位置に何があるのか、体で覚えこまなければならなかった。

小停止が終わるサイレンが鳴り、接続ユニットが船の中に回収されていくのを船外から眺めた。もちろん生まれて初めての体験だった。カティサーク号がゆっくりと発進する。甲板でカナセが涙を流しながらこちらに手を振っていた。僕たちも手を振り返した。時速五キロの船は、なかなか僕たちのもとから離れてくれなかった。いつまでも手を振ってくれていたカナセに心の中で「さよなら」と告げてから、僕たちはレーンに出た。ゼンガンがアクセルを踏みこむと、MRVは船の何倍もの速さで夜の中を進みだした。僕は船尾の魔女の像に、最後のお祈りをした。

「君はずいぶん意地の悪い神様だね」

「俺は納得したわけじゃないからな」

しばらく極夜のレーンを進んでからゼンガンがそう言った。夜のレーンは本当に真っ暗だった。ヘッドライトの先、はるか遠くにうっすらと山の影が見えるだけで、それ以外は宇宙のような暗闇に包まれていた。雲が出ているのか、星空も月も見当たらない。

「僕だって、完全に納得したわけじゃないよ」

「俺はそもそも、船の計画がクルー個人の人生に優先するという考え方が気に入らないんだ。船の計画のためにクルーが生きているなら、俺たちは何のために存在している？　自らの幸せも摑《つか》みとることなく、ただ延命のためにすべてを捧げることに、何の意味がある？」

「難しすぎてわからないよ」と僕は答えた。二人が黙り、ＭＲＶのエンジンの音だけが響いていた。

「若いころ、俺もノアズアーク号に行きたいと思ってたって話はしたよな？」

ゼンガンがそう切りだした。僕は遠くの山の影を見ながら「うん」とうなずいた。

「二つの理由があったんだ。一つは通信していた女の子に会うため。彼女は俺の三つ年上で、とても物知りだった。まだ自転が止まる前の地球がどんな場所だったか。海の青さや、空の青さ、山の緑や川の輝きのこと。そして、人々はどのように生活して、何を楽しみに生きていたか。そういうことを何でも知っていた」

「うん」

「そういう話を聞いて、毎晩妄想したものだ。知らない場所に旅に出て、会ったことのない人と話をする。大昔の人が作った建物に入り、大昔の人が描いた絵を見る。そんなことを妄想した」

「うん」

「それで俺は、そんな地球を取り戻したいと思った。だから、俺はノアズアーク号で学者になりたかったんだ。それが二つ目の理由だ。俺はとにかく、座して死を待つだけの日々に嫌気がさしていた。学者になって、地球を元に戻すための方法を考えたかった。もう、ずいぶん昔の話だけどな」

「どうして諦《あきら》めたの？」

ゼンガンは「難しい質問だ」と答えた。しばらく何かを考えてから「大人になったからだろうな」と言った。「昔、何万人もの学者たちが束になって考えて出なかった答えに、俺一人で到達できるはずがないって思ったんだ。それに、船には何かを実験したり、何かを製作したりする余裕もないし」

「それもそうだね」

それきり、僕たちは黙りこんだ。

僕はじっと外の景色を眺めていた。ＭＲＶは前に進んでいたけれど、どれだけ経っても景色にほとんど変わりはなかった。レーンはどこまでもまっすぐ伸びていて、その奥で真っ黒な山の影の輪郭がゆっくりと変化し、次の山へと移っていった。船の外にも世界が広がっているのだ、というありきたりな感慨の他には、何も感じることができなかった。

　僕は暇を持て余し、日記帳を取りだして膝の上に置いた。

「四月二十七日」と僕は書いた。「カティサーク号は二人減って百九十五人。これで男が百六人で、女が八十九人。今日は小停止だった。ゼンガンと僕は作業に加わらず、ノアズアーク号に向けて出発する準備をしていた。今朝ゼンガンから、リリザが入れ違いでカティサーク号にやってくるという話を聞いた。僕はリリザに会えるものだと思っていたから、ひどく動揺した。ゼンガンは『船に残れ』と言ってくれたけれど、僕は結局旅に出ることにした。もし僕が旅立ちを断ってカティサーク号に残ったとして、そしてそこにリリザがやってきたとして、僕はどんな顔で君を迎えればいいのだろう。そのときの僕は船の計画を無視して、自分のわがままを通した男だ。とてもじゃないが、君に合わせる顔がない。そんなことを考えて、僕はカティサーク号を発った。正直に言って、君のことが他人だとは思えないし、君に会えることをとても楽しみにしていた。でもそれと同時に、僕は立派なクルーとして君に会いたかったんだ」

　給油のためにハブに立ち寄るときを除いて、僕たちは同じ景色の中を一定の速度で走り続けた。ゼンガンは一応ハンドルを握っていたけれど、運転は基本的にオートパイロットだったし、そもそも直進するだけの道でハンドルを切る必要もなかった。交代で睡眠を取り、決められた時間にレーションを食べた。

　そうして四日が経った。トラブルがなければ、あと二日でノアズアーク号と出会うはずだった。ハブで彼らと合流し、僕たちは新たな船のクルーとして生きる。

夜の世界はただただ退屈なだけだった。ときおりＭＲＶのタイヤが地面の凍った部分に滑りそうになるだけで、危険な太陽風も、塩素を含んだ豪雨もなかった。

ゼンガンが仮眠する時間になった。僕はその事実を伝えたけれど、ゼンガンは眠りにつく気がないようだった。そればかりか、オートパイロットを切って、自分でアクセルを踏みはじめた。

「何か問題でもあった？」

心配になってゼンガンにそう聞いた。

「いや、そういうわけじゃない」

「じゃあ、なんでオートパイロットを切ったの？」

「必要なときに、速度を落とすためだ」

「必要なとき？」

「そうだ」

ゼンガンはそれ以上答えようとせず、そのまま自分の手で運転を続けた。一時間経っても、ゼンガンは寝ようとしなかったばかりか、オートパイロットを入れようともしなかった。

その瞬間は不意に訪れた。

それまでレーンを照らしていたヘッドライトが、はるか前方に「何か」を捉えた。その「何か」はじりじりとこちらに近づいてきた。「何か」は僕たちのＭＲＶと同じように、前方を光で照らしていた。二つの光が近づき、正面が光で満ちた瞬間、ゼンガンは車を停止した。

僕たちの正面に、別のＭＲＶが停車していた。フロントガラスの奥には防護服を着こんだ二人の女性がいた。運転席に座った女性は僕より少し年上のお姉さんで、助手席の女性は同い年くらいの女の子だった。

僕たちはノアズアーク号を出発して、カティサーク号を追いかけていたＭＲＶと出会ったのだ。

僕は助手席に座ったリリザを見つめた。顔を見たのは初めてだったけれど、すぐにわかった。リリザも僕を見つめていた。僕が手を振ると、リリザも手を振り返した。

「悪いが、車外には出られない」

ゼンガンが言った。僕は「うん」とうなずいた。「わかってる」

リリザは日記帳を手に、僕に向かって何かを語りかけていた。もちろん声は聞こえなかったけれど、彼女が何を伝えようとしているのか、僕にはよくわかった。「この場所で伝えたかったことを日記に書く」と言っているのだ。僕も日記帳を取りだして、リリザに向かってうなずき返した。

「そろそろ時間だ」

ゼンガンはハンドルを切って、アクセルを踏みこんだ。僕たちのＭＲＶがリリザのＭＲＶの脇を通りすぎると、あたりは再び暗闇に包まれた。

僕は日記帳を開いて、「五月一日」と書いた。「ＭＲＶは二人。男が二人で、女がゼロ人。今日はちょっとした奇跡が起こった」

Voyage

水星号は移動する

#04 The truck "Mercury" goes somewhere everyday.

深緑野分

Nowaki Fukamidori

XX-XX-XXXX

ドオンと地鳴りのような音がして窓の外を見ると、都会の狭い青空をスペースシャトルが飛んでいった。今日はこれで三回目だ。この街のすぐ近くにあるという一般宇宙港の発射台からだろう――民間宇宙船は今どき珍しくもなく、一日何体もの機体が、白い水蒸気を噴きながら、大気圏外へ飛んでいく。目的は宇宙旅行。

十六階建てのホテルのフロントは五階にあり、エレベーターが開いた瞬間、僕はふうと息を吐《は》いた。フロア全体が高級感のある黒でまとめられ、中央には生けられた大輪の花々、その下には小さな噴水が水を吐き出している。ソファはいささか柔らかすぎるようで、腰掛けたスーツ・マンたちのお尻はずっぽり埋もれ、立ち上がる時に難儀《なんぎ》しそうだ。

ぴかぴかに磨かれた黒い大理石の床に一歩踏み出た瞬間、ドアの脇で客を待ち構えていたフロントの案内係に「何かご用ですか?」と訊《き》かれる。

「あの、そちらにお泊まりのミスター・イェンの忘れ物を届けに来ました」

そう言って、手に持っていた紙袋を案内係に渡そうとする。黒い内装に映《は》える、淡いベージュの制服に身を包んだ案内係は、少し戸惑ったような顔をして僕を見る。もう一度繰り返そうと口を開けたところで、彼女は紙袋を受け取り、礼も言わずに踵《きびす》を返した。

「〝宿にはその宿の主《あるじ》の旅観が出る〞」

頭の中でメルの言葉がこだまする。いったいこのホテルの主は、どんな〝旅観〞を持ってるんだ？

案内係がフロントの他のスタッフと何か会話し、こちらを見たので、僕は急いで退散する。面倒なことになる前に。その時、窓の外でスペースシャトルが飛んだんだ。

この街、アテナイ市には高級ホテルのビルが山ほどあって、宇宙旅行の前泊の客だの、スペースシャトル発射見物の客だのが、モノレールやハイウェイからやってきて、屹立《きつりつ》する黒水晶みたいな建物の群に吸い込まれていく。黒水晶の群れから少し離れれば、高架下にあるせいで〝下界〞って感じのする、茶色っぽい素朴な下町がある。

お使いを終えて〝下界〞に戻った僕は、街の片隅に停めておいたカーゴトレイラーの端に腰掛け、冷めて白い脂《あぶら》が浮いているモツ煮を食べた。運転席もエンジンもない、二連結のカーゴトレイラーと貯水タンクトレイラーだけでは、どこにも行かれない。

その前を、荷台に包みを山と積んだスクーターがもうもうと土煙を上げ、満員のバスは今にも横転しそうな様子でよたよたと走っていく。この中の誰かがあの高級ホテルの窓を拭《ふ》いている。空気は乾いているけれど黄ばんでいて、誰かが作っている炒《いた》め物のにおいがする。

僕はモツ煮を食べながら、穴だらけのアスファルトを蟻《あり》がえっちらおっちら歩くのを眺める。

どうして舗装を直さないんだろう？　地面がクソ暑いのはほとんど高層ビルからの排熱のせいなのに、どうしてみんな我慢しているんだろう？

「そんなくだらないことを考えるのは、あんたがよそ者だからだよ」

湯気立つ鍋から具をジャーによそってくれながら、モツ煮屋のばあさんは呆《あき》れたように言った。メルがあの場にいなくてよかった、いたらきっと僕は頭をはたかれたに違いないから。

お金があれば旅行先に宇宙を選べる暮らし。ここは雲泥の差の暮らし。

ごちゃごちゃした家々の壁を、錆《さ》びついた配管パイプが這《は》い、丸い口から滴る水を野良犬が舐《な》める。下町民はだいたい、汚れたタンクトップにゆるいハーフパンツ、ビーチサンダル姿で、ぶらついたり、両替所を商ったり、旅行客にスペースシャトル型の土産物を売りつけたりする。

下町の宿屋は、見た限りでは老人が商っているひなびた一軒だけ——客はたぶん、金のないバックパッカーか、高級な場所は肌に合わない変わり者か、よく調べないで予約してしまったおっちょこちょい。

ひなびた宿屋の前で、主人らしきおじいさんが家族客を迎えている。父親の足にまとわりついてはしゃぐ子どもに、目尻に笑いじわを寄せて話しかけ、先に宿へ入れさせた。子どもはスキップしながらドアの向こうへ消えていく。

あの宿の主人の〝旅観〟はどんなものなんだろうか。

「……メル、早く戻ってこないかな」

モツ煮を食べ尽くし、貯水タンクトレイラーの蛇口をひねってジャーを軽くすすぐ。それにしても暑い。早く仕事を終えたくて、背後のコインランドリーを振り返った。建物はおんぼろのぼろ、壁もひび割れ雨だれで汚れ、ガラスの欠けたスライドドアは手動で開けなきゃならない。洗濯機も一、二台は壊れている。とはいえここの主はきれい好きらしく、壊れていない洗濯機と乾燥機は、しっかり清掃されていた。その時、乾燥の終わりを知らせるピーッという音が鳴った。

唸る扇風機に煽《あお》られながら乾燥機を開けた――頭の中でしかめ面《つら》したメルが「手」と言う。

「そんな汚い手でシーツを触るつもり？　誰がこれを使うと思ってんの？」ってさ。きょろきょろと見回すと、店内の隅っこに小さな手洗い場があり、運のいいことに石鹸《せっけん》もついていた。

きれいになった手で洗濯物をひっぱり出し、麻袋に仕舞ってカーゴトレイラーへ運ぶ。運転席がなく、牽引フックとタイヤが付いているだけのカーゴトレイラーでも、屋根のソーラーパネルと蓄電器のおかげで、電気は点く。

車内を明るくしてから、土埃《つちぼこり》が入らないようスライドドアをしっかり閉める。カーゴトレイラーは乗り合いバスくらいの大きさで、今は片付いているから床が広い。壁に埋め込まれた道具入れからアイロンと折りたたみ式アイロン台を出すと、電源を入れ、洗濯物のアイロンかけに勤しんだ。白いシーツにスプレーでのりを吹きつけ、アイロンをあてると、しゅう、と音を立てて湯気が昇る。さっき見たスペースシャトルを思い出す。

宇宙の旅はどんなもんだろうか。幼い頃に見た科学雑誌には、宇宙食はたいそうまずいと書いてあったけれど、スペース・エア・ラインのウェブには、〝三ツ星シェフが作った最高の宇宙食をご堪能下さい〟とある。寝室もあるらしいけど、無重力空間の寝室と飛行機のビジネスクラスとでは、どちらが寝心地が良いんだろうか。

僕が宇宙の旅に思いを馳《は》せながら、昔ながらのアイロンでシーツのしわを伸ばし、一枚一枚丁寧に畳んでいると、ふいにスライドドアがノックされた。もちろんメルじゃない。彼女は鍵を持ってるし。

「はい？」

ドアを開けると、タテヨコにでかい男がいた。脂っこい黒髪をぴっちり七三に分け、先っぽをぴんと跳ね上げた立派な口ひげを生やし、ブラックスーツはいまにもはち切れそうなほどぱつぱつだ。全身にコロンのにおいをしみつかせて、「えほほん」と咳払いする。

「君、さっきうちのホテルに来た子だね？」

一瞬戸惑った僕だけど、すぐ思い至る。あの黒い高級ホテルの関係者か。すっと息を吸い込むと自然と腹筋に力が入る。面倒なことになりませんように。

「……ええ、そうですけど」

すると大男はほんの愛想と丸わかりの笑みを浮かべた。

「一応確認なんだが、さっきうちの係に渡してくれた物品は、ミスター・イェンのもので間違いない？　君が昨夜泊めたミスター・イェンの忘れ物」

眉間にしわが寄る——正直に〝そう〟と答えたらどうなる？　あるいは、〝違う〟と嘘をついたら？　答えられずにいると大男はぴかぴかの革靴でトレイラーに上がってくる。体重で車体がぐらっと揺れる。

「あの、申し訳ありませんが……」

「いいかね、坊や。ミスター・イェンが昨晩、このホテル――いや、そんな品の良い名前では呼べんな――粗雑な宿に興味本位で宿泊されたことはわかっている。まあミスター・イェン自身はご存知なかったようだし、利用しちまったのはしょうがない。初回は見逃すよう上から言われている。良客をむざむざ手放すのも具合が悪いものな」

「どういう意味です？　よくわかりませんが」

するとでか大男がそのでかい顔を突き出してきて、僕は思わず一歩下がった。

「まさかルールも知らないでこの街に来たのか？　この街で宿を名乗り、人を泊め、金を取る場合は、全ホテル連合に5000タペス払うことになってる。月々ね」

5000タペスだって？　即座にここの貨幣価値を計算する。さっき食べたモツ煮が5タペスだ。毎月モツ煮1000杯分。ぼったくりじゃないのか？

「ひと月分の賃貸料金より高いよ！」

抗議の叫び声に大男はフンと鼻を鳴らすと、スーツの内ポケットから真っ白く長い封筒を取り出し、こちらに突き出してきた。

「ちゃんとここに書いてある。アテナイ市の条例第三条に基づく、全ホテル連合の加盟条件証書だ。市長のサインも入ってるぞ」

どうりでこの街には高級ホテル以外の宿屋が一軒しかない、それもオンボロの一軒だけなはずだ。

封筒と大男の顔を見比べる。そもそもこの大男が、アテナイ市・全ホテル連合なんとやらの本物の使者だって証拠は？　これを受け取ったらどうなる？　僕の頭の中にいるもうひとりの僕は、「メルが戻ってくるのを待った方がいい」、と怒鳴っている。

「わかりましたけど、とりあえず今はお引き取り下さい。僕は責任者じゃないんです！」

「今度は責任逃れときたか！」

体重の倍はありそうなでかい男をどかすにはどうしたらいい？　足と腹に力を入れてぐいぐい押しても、びくともしない。スライドドアのところに手をついて踏ん張ってるんだ。ああ、頼む、早く戻ってきて――！

「おやまあ、もめごとですか？」

しっとりとした、それでいて凛《りん》とした声が外から聞こえてきて、僕の全身から力が抜ける。大男の脇から彼女の姿が見えた。その後ろにでかいトラック〝水星号〟が控えているのも。

「メル！」

オレンジ色のタンクトップとぼろぼろのジーンズという荒々しい格好の上から、〝宿・水星〟のダサいロゴ入りエプロンをつけたメルは、風雨にさらされてごわごわのブラウンヘアをかきあげながら、こっちに近づいてきた。メルが歩くと、サンダルの後ろの羽根飾りがゆらゆら揺れて、神話の人物みたいに見える。

「どうもこんにちは。その子はまだ働きはじめて一ヵ月なんですよ、あまり困らせないでやってくださいな」

メルが微笑《ほほえ》むと口元にたたまれた笑いじわが更に深くなる。日に灼《や》けた彼女の皮膚《ひふ》は乾燥して、少し年かさに見えるが、ヘーゼルナッツ色の瞳はいつだってきらきらと輝き、本当のところ何歳なのかわからない。僕は大男の脇をなんとかすり抜けてトレイラーを降り、メルの後ろに隠れる。

「こんにちはマダム。あなたがこの宿の主人ですか？」

大男の慇懃《いんぎん》無礼《ぶれい》な物言いに、メルは朗らかに答える。

「ええ、そうです。このマダムが主人です。さっきまでちょっとした出稼ぎに出てまして、この子は留守番。それでご用は？」

まさに「我が意を得たり」、満足げに大男はトレイラーから降りると、メルと向き合った。そしてさっき僕に説明したのと同じことを滔々《とうとう》と語り、また封筒を差し出す。メルはそれをちゃんと受け取り、じっくり時間をかけて――あの大男ですら焦《じ》れて足をもぞもぞさせるくらいに時間をかけて――最初から最後まで読んだ。

「……拝読しました。内容はよくわかりましたし、まあこれだけ大きな都市で、宇宙港が近いとあれば、確かにホテルは競争が大変でしょうね。観光客は高級ホテルに泊まるだけのお金がある」

「いかにも。だからわざとホテル側には高い場所代を課すことにしてるんです。むやみやたらと宿を構えないように」

お前のようなやつが、と最後に付け加えたかっただろう言葉を飲み込んで、大男はにんまりする。メルは肩をすくめた。

「なるほど、理にかなったお考えだと思いますよ。ただし、私たちには当てはまらない」

「そう仰ると思いましたよ、みんなそう言うんだから。しかしあなた方は宿を商っているんでしょう？　もうそれだけで条件に当てはまります」

「残念ながら当てはまらないんです。当宿は〝移動式〟なので」

「……は？」

「この条例には〝アテナイ市において一泊以上宿泊業を商った宿〟と書いてありますね。しかし私たちはここで停泊していません」

「何を言ってる、ミスター・イェンは確かにこのオンボロ宿に泊まったと」

「ミスター・イェンはお泊めしました。しかしそれは、隣市マゴニア近辺の森林で、です。今朝にはみんな起床して出発、宇宙港のある荒野を通ったのが午前中。アテナイ市に入ってミスター・イェンが下車されたのは、ついさっき、正午のことですから」

　そう、メルの言うとおりだ。僕らはアテナイ市内では泊まってない。

　アテナイ市に寄ったのは、ミスター・イェンのひげそりが寝床に残っていたから、僕が届けに向かっただけなのだ。次の宿泊先だと言っていた、あの黒いホテルに。その間、メルは小金稼ぎに大都市のビジネスマン相手に商売をしていた。あの条例には「商売をしたら場所代を払う」とは書いていないらしい。

　しかし大男はまるで納得していない。

「移動する宿だと？　何だそれは？　……君が言うのは、キャンピングカーに客を寝泊まりさせながら移動する宿、ということか？」

「違いますね。私たち自身が移動していて、客がそこに乗るんです。移動するのはあくまでも私の都合。その途中で泊まりたい人に居合わせたら、お客様としてもてなす」

メルは澄《す》まして答える。すると大男はますますむきになる。

「そんな宿があってたまるか！」

「なぜです？」

「なぜって、まったく意味がないじゃないか。宿が移動しちゃ、宿の意味がない。宿というのは、旅人が目的地へたどり着き、休むためにあるものだ。旅の途中に休み、また出発するための拠点だ。宿がいつもの場所になかったら、旅人はどうやってそこを拠点にする？」

僕はつい笑ってしまいそうになり、メルの背中に隠れて顔を伏せた。僕がはじめてメルと出会った時、まったく同じことを言ったからだ。

「それじゃ、実際に見てもらいましょうか」

メルはさっと踵を返すと、車輪が巨大でいかついトラックである水星号に、まるでよく馴らした馬に乗るような身軽さで乗り込み、エンジンをふかしてカーゴトレイラーの前へとつける。そして正確なハンドルさばきでバックし、連結できる位置までくっつけた。僕も駆け寄って連結器をがっちりと留める。水星号が発進すると、その爆発的に大きなエンジンでカーゴトレイラーが走り出す。ついでに、その後ろの貯水タンクも。

大男はただでさえぎょろっとした目が落っこちそうなほど目を見開いている。

本来の形に戻った〝宿・水星〟はそのまま走り出す。僕はメルの意図を理解して、大急ぎでその後を追い、開きっぱなしだったスライドドアからカーゴトレイラーに飛び乗った。

「おい、おい待て！　お前たち！」

「あら、親切にこうしてるんですよ！　実際に見て、理解してくださいな！」

後ろを振り返ると大男が喚《わめ》きながらその場でジャンプしている。どんな巨体で恐ろしい存在でも遠ざかってしまえば、ぴょんぴょん跳ねるネジ巻き人形みたいで、すごく滑稽《こっけい》だ。ドアを閉め、揺れる車体の中を踏ん張りながら前に移動し、ドアを開けて、すさまじい風圧の中を水星号に飛び移る。

「大丈夫？　お疲れさん！」

メルはゴーグルを目にかけながら笑い、僕も笑い返す。ほんと、疲れた。


アテナイ市の境界を示す看板を越えたところで、メルは〝宿・水星〟を停めた。道は、過去にここを通った車たちが土を均《なら》してできた、いわば獣道のようなものだった。朝に来た道とは反対側の荒野だけど、ここもまたどこの市の所有物でもない、強いて言えば国の宇宙局のテリトリーに入る地帯だ。さっきよりもスペースシャトルの発射台が近い。

「やーれやれ、アテナイも面倒な街になったもんだね」

宿泊客がいない日中、コーヒーと軽食の販売ワゴンと化す水星号は、コーヒーのいい匂いを漂わせていたが、メルは運転席を立って後ろへ向かい、天井の換気扇を全開にして、コーヒーの匂いを飛ばしてしまう。

「稼《かせ》ぎはどうだったの？　儲《もう》かった？」

「まあね。ビジネス街の公園前に停めたから、コーヒー&サンドイッチセットがよく売れたよ」

水星号の運転席と助手席の後ろには、かなりしっかりした設備のキッチンがある。水道は電気浄水器付の給水タンクと排水用タンクに分かれ、二口コンロはガスボンベに繋《つな》がり、電子レンジと冷蔵庫も完備だ。僕らの宿はその特性上、キッチンと水道、トイレなどを充実させる必要がある。ついでにこの設備は、資金面の問題のフォローにも、なかなか役に立つのだ。

「あんたは何か食べた？」

「モツ煮をちょっと」

「育ち盛りなんだからもうちょっと食べなさいよ。ほら」

メルはキッチンの掃除の手を止めると、冷蔵庫に一つだけ残っていた余り物を出して、こっちに投げてよこした。包み紙を開けてみたら、中身はペッパー・ビーフとレタス、チーズのサンドイッチだった。

「……さっきのおじさん、もう諦《あきら》めたかな」

「大丈夫でしょ。それより、イェンさんの忘れ物、ちゃんと届けられたみたいでよかったよ。上出来だ」

サンドイッチを頬張っていたので、僕は返事の代わりに頷いた。

マスタードはミルキーで辛すぎず、胡椒《こしょう》を効かせた薄切りビーフとよく合う。メルは宿の管理もするし、コックもやる。当然、料理はかなりうまい。コーヒーを淹れるのもだ。それでも僕はコーヒーに少しミルクを入れて甘くし、サンドイッチを飲み下す。

僕は、役に立ってるんだろうか。時々僕は、自分がとてつもなく幼いと——実際子どもだけど——感じてしまう。役に立てなくなったらメルは僕を追い出すだろうか。これを食べたらカーゴトレイラーの設備をチェックしよう。それと、貯水タンク。あの中には僕の寝袋と本があり、壁には愛車——古いモペットがくっついている。

日はずいぶん傾いた。火星みたいに赤茶けた荒野はとても広く、あの巨大なアテナイ市でさえ、ふたつみっつ入ってしまいそうだった。アテナイ市を訪れる人は普通、こんな荒野ではなく、市と市を繋ぐスカイハイウェイかモノレール、あるいは短距離エアラインを使うそうで、荒野を行く人はほぼ皆無だ。実際、今のところ僕ら以外は姿を見かけない。

ごつごつした地平線に沈みゆく太陽は、工場の炉から取り出したてのガラスみたいに、熟れた赤みを持っている。そこら中を全部、昏《くら》く染めていく赤。そこに、まるで空に梯子《はしご》をかけるかのような発射台が立つ。

カーゴトレイラーの外側にあるフックにランプをかけ、外も明るくする。移動式のトイレは厄介なことが多いけれど、うちのは民間宇宙船でも使われていたやつだから、かなり楽に掃除ができる。一気に乾燥させてほとんど砂状になった排泄物《はいせつぶつ》は、便器に備えつけの土に還る黒い袋に包まれていて、そのへんに穴を掘って捨てるだけでいい。メルがどうやってこの高性能トイレを手に入れたのかは、知らない。廃船になった民間宇宙船から譲ってもらった、とメルは言うけど、そもそもどういう伝手《つて》があると譲ってもらえるのか。

貯水タンクの電源スイッチを入れ、一日溜めっぱなしだった水をいったん濾過《ろか》する。音を立てながら振動するタンクをぽんと軽く叩《たた》き、客室清掃にとりかかった。カーゴトレイラー内のものはたいてい折りたたみ式だ。椅子も、ベッドも、掃除用具さえもたたまれて、壁の中にめりこんでいる。

壁の留め具を外して吊《つ》り戸棚を引っぱり出し、さっきアイロンをかけたシーツや枕カバーを仕舞い、下の引き戸を開けてソファを取り出してブラシをかける。それが終わったら、次は折りたたみデスク。ホウキで床を掃き、そうこうしているうちに貯水タンクの濾過が終わったので、一見フリスビーみたいな円盤を伸ばしてバケツにし、水を汲《く》む。バイオ洗浄液を溶かした水で床や壁、窓を拭いていく。特に壁は念入りに――カーゴトレイラーの壁は一枚じゃない。引っ張ると東洋の屏風《びょうぶ》みたいに広がり、〝宿・水星〟は決して、ひとりしか泊まれない宿ではないのだ、ということがわかる。とはいえ、メルの「がんばれば四人はいける」の豪語は、ハッタリだと思うけど。

バケツの水を捨てに外へ出ると、さっきまであった太陽はすっかり沈み、空を仰げば紺色の中天から夜がはじまっていた。冷たい風が遠い地平線から吹きつけ、一気に肌が粟立《あわだ》ち、昼の暑さが嘘のようだ。

「おーい、そろそろ行くよ」

メルが運転席の窓から僕を呼んでいる。僕はバケツを片付けてスウェットのパーカーを上からかぶると、水星号へ向かった。大きなタイヤ分、高いステップに足をかけ、よじ登るようにして助手席に座る。

荒野の表面はごつごつしていて、水星号のいかついタイヤでちょうどいいくらいだ。時々大きく左右に揺れ、そのたびに僕は天井の把手《とって》を握り、メルはむしろアクセルをもっと深く踏んでスピードを上げる。

さっきまでまるで火星みたいに赤かった荒野は、打って変わって青白く、月面を走ってるように思う。火星も月も、写真でしか見たことないけれど。ふと、あのモツ煮屋のばあさんに言われたことが頭を過ぎる。〝そんなくだらないことを考えるのは、あんたがよそ者だからだよ〟。

「……ねえ、さっきの街さ」

「うん？」

「メルだったら、どう思う？　例の〝宿にはその宿の主の旅観が出る〟ってやつ」

「ああ、高級ホテルのことね。あんたも一度泊まってみるといいんじゃない？　なかなか楽しいよ」

思いも寄らない答えが返ってきたので、僕は面食らった。だってこんな馬力のある、でっかいトラックで宿を引っ張ってるような人だもの。

「ああいうの嫌いだと思ってた」

「私が？　いや、別に嫌いじゃないよ。高級ホテルってさ、自分が貴族になったような気分になるんだよね。お風呂やベッドが無駄に広かったり、きれいな花が飾ってあったり、いい匂いのするアメニティが揃《そろ》ってたり、ちやほやされてる感じがする。そういうちやほやされたい気分の時は最高だなあ。モーニングを部屋に運んでもらっちゃったりしてね」

メルはハンドルを握ったままこっちを見て、にやりと笑う。僕はそれに応えたくない。

「……別に、本当の貴族になれるわけじゃない。それに貴族なんて」

思わず膝を抱えて言うと、メルの腕が伸びてきて、僕の頭をぐしゃっと撫《な》でる。

「深く考えんな。コスプレみたいなもんだよ。わかるか？　コスプレ。自分じゃない自分になる仮装みたいな——なんだ、あれ」

荒れ果てた青白い道の先に、橙《だいだい》色の火、かがり火が灯《とも》っている。メルはゴーグルを額にあげると、真っ直ぐ前を見たまま言った。

「誰かいる」

急ブレーキを踏んで圧がかかり、僕は慌ててダッシュボードに手を突く。僕が動く前にメルはもう運転席を降りて、かがり火の方へ向かっていた。

その人は若く、寒さに震えていた。長ズボンにTシャツだけの軽装でこの荒野を乗り越えるには、アフロディーテみたいに長くうねる金髪が毛皮の代わりになるはずもなく、せっかく形の整った鼻を真っ赤にして鼻水を垂らしている。アルミ製のサバイバルシートをかけてやり、とりあえず水星号の中に入れた。

それからしばらく僕らは、彼女を温めるためだけに動いた。

メルがスイッチを入れると、カーゴトレイラーはモーター音を立てて変形する。スライドドアがぐるりと回転して縦向きになり、屏風のように折りたたまれていた補助壁が伸び、天井から支柱がゆっくりと突き出してくる。僕は背伸びして支柱の先端を掴《つか》むと、キャンプ用のタープを張るように、支柱を地面に突き刺してクサビで固定した。トレイラーの床から追加用の床が出て上がり、介護用ベッド並のスピードで元の床と繋がる。

「あんたは買い出しをお願い。食材が全然ないんだ」

ボア付のジャンパーに腕を通しながらメルが言う。外はますます気温が下がり、息が白くなってきた。

「……あの人、泊めるの？」

水星号の方を窺《うかが》ったけれど、窓からは彼女の頭しか見えない。

「無論。ここから東に三キロくらいの場所に、宇宙観測所があるから、そこの売店で買い物してきて。水も頼むわ。私はこっちをやらないと」

僕は大きく頷く。さあ仕事だ。

貯水タンクトレイラーの、くぐればやっと通れるくらいに小さなドアを開け、中に入る。二段ベッドくらいはありそうな大きなポリタンクの横には、人ひとりがやっと寝そべられるくらいのスペースがあって、起きた時のままの寝袋、電気ランプ、読みさしの本がある。ここが僕の居所だ。壁にかけたハンガーからダウンジャケットとヘルメットを取ると、またドアから外に出る。

貯水タンクトレイラーの後ろには、僕の愛車、モペットが積んである。まあ実際は、積んでると言うより金具で無理矢理引っかけてると言った方が正しい。タイヤが太めの自転車に動力をつけただけの古いモペットにまたがり、エンジンペダルをキックして発進した。

手袋を買っておけば良かった——走り出してすぐにそんなことを思うほど空気は冷たく、肌に刺さるようだ。袖を手の甲まで伸ばして首もジャケットの襟《えり》に埋め、東に向かって走り続ける。

モペットのどこか頼りないエンジン音はまるで僕の鼓動みたいだ。明るい紺色の夜空に月はなく、数え切れないほどの星が瞬いていた。ずいぶん遠ざかったアテナイ市のきらめき、発射台の塔、メルが言っていた観測所らしき灯りの他には何もない、ひたすらにだだっ広い荒野だ。星空と荒野の間に僕ひとり、今はいったいどこを走っているんだろうか、なんて考える。本当にここは月面なのかもしれない。

そんな夢想に浸っていたら、タイヤが大きめの小石に乗り上げたらしく、モペットがぐらりと大きく揺れた。傾きかけたバランスをどうにか持たせて、汗が染み出た手のひらでハンドルを握り直す。

「しっかりしろ、ちゃんと仕事するんだ」

あの女の人——いや、もうお客さんだ——はきっと空腹だろうけど、今日のサンドイッチの残りは、さっき僕が食べてしまった。少しでも急ごうと、たいして速くなりはしないスピードを上げる。

宇宙観測所と聞いて、ただ望遠鏡があるだけかと思ったけれど、こんな荒野のど真ん中にあって近隣に何もないせいか、施設はごく小さな村ほどの規模があった。コヨーテ避《よ》けだろうか、背の高い金網があたりを囲っていたものの、セキュリティは緩くて、モペットの横に備え付けているポリタンクを見せて事情を話したら、すぐに通してもらえた。ここにはきっと、観測所で働く人たちや家族が暮らしているのだろう。家々や街灯の穏やかな灯りが闇を照らし、僕はほっとため息をつきながらモペットを停めた。飲料用の水道はすぐに見つかり、2リットルずつ、ふたつのポリタンクを満たす。中央にドーム型の観測所があり、後方では風力発電のウインド・ミルがゆっくりと回っている。

売店はひとつだけだったが、ちょっとしたスーパーマーケットのようで、ハムやパン、チーズに卵、バター、骨付きの塊肉なども買えた。ついでにほうれん草、トマト、にんにくなどの野菜も籠《かご》に入れて、会計をする。レジスターに表示された金額に、うっかりカードを使いそうになったけれど、小銭をかき集めてどうにか現金で支払った。

「カード、メルに預けた方がいいかな……」

でもきっと「あんたの母さんじゃないよ」と断られそうだ。僕がここにいるのは僕のわがままであって、メルにいてくれと頼まれたわけじゃない。それが僕にとっては、何よりも大きな不安の種だった。

道を引き返して水星号のところに戻ると、カーゴトレイラーはすっかり一つの〝家〟になり、観測所の小さな集落と同じくらい明るく、ゆらゆらと湯気が立ち上っていた。風に乗って漂うかすかな石鹸の香り。きっとメルが湯を沸《わ》かして、お客さんを風呂に入れたんだろう。あの外付けのバス・ルームは奇妙で、まずシャワーがない。それならどうやって体を洗うかというと、人間ひとり入れるくらいのドラム缶で湯を沸かし、そこから手桶《ておけ》で一杯ずつ汲んで体を洗ってから、丸く切った板を踏んで沈め、ドラム缶に浸かる。はじめて入った時はあまりにも衝撃的でめまいがしたこのやり方は、メル曰く東洋式らしい。これも誇張だと思うけど、北極にいたって体が温まるんだそうだ。

水星号の傍らにモペットを停めてメルの姿を探すと、彼女はカーゴトレイラーの前でたき火をしていた。

「キッチンのガスを昼に使い切っちまってて、もうないんだ。ここで晩ご飯にしよう。空がきれいだし、火の前で毛布にくるまれば寒くないしね」

エアコンやヒーターに慣れていると忘れてしまうけれど、火ってすごく暖かい。火が服に付けばあっという間に死んでしまうんだから、当然と言えば当然。

汲んできた水を、すっかり客室と化したカーゴトレイラーへ運ぶ。買い出しに行っている間にメルが完璧にベッドメイクをしていた。落ち着いた色の照明、ゆうにふたりは寝転がれそうな広いベッド、ぴしっと張ったシーツ、ふんわりと柔らかな羽毛布団。コンパクトだけど使い勝手の良いテーブルと椅子。普段は壁や天井の中に隠れているものが姿を現し、お客さんを待っている。ここがカーゴトレイラーの中だなんて、きっと誰も信じないだろう。僕は汲んできた水をポットに入れ、客室を出た。

外に出て、余った水をケトルに入れてたき火にかけると、座って毛布にくるまり、メルが料理をこしらえていくのを眺めた。地肌は濃い橙色に染まり、フライパンを揺らすメルの影が動く——ビーズ飾りだらけの長い髪が、背中で跳ねた。

「お風呂、ありがとうございました」

声がして振り返ると、お客さんが暖かそうな赤いジャケットを着て立っていた。ゾンビみたいだったさっきとは別人で、元気そうに見える。

「座って、毛布にくるまってて。悪いんだけど、キッチンが使えなくてね。ここで食事にします」

メルにそう言われて、彼女は大人しくたき火の前に座ると、僕に小さく会釈をした。慌てて僕も返す。

彼女——お客さんは静かな人で、最初のうちはほとんど話をしなかった。けれどメルが、ポーク・チョップとトマトのソース、ほうれん草のコンソメスープをこしらえ、腹が膨《ふく》れた頃に、ぽつぽつと話しはじめた。

「見送ろうと思ったんです。スペースシャトルを」

「見送り？　こんな荒野で？」

「ええ……昼間はかなり暑いから、気軽な野宿のつもりでいました。まさかこんなに寒くなるなんて」

アテナイ市かこの先にあるイリオス市で泊まればよかったのに。というか、そもそもこんな発射台から遠いところで見送りなんて。そう口に出しかけて、メルと目が合う。メルはたぶん、言うなと伝えようとしている。僕はコンソメスープと一緒に言葉を飲み込んだ。

「見送りはいつだったんですか？　もう見送れました？　それともこれから？」

するとお客さんは笑って、「いつでもよかったんです」と言った。

「こう言うと笑われるかもしれないんですけど、私はただ、スペースシャトルが飛ぶ瞬間を見たかったんです」

たき火にかけていたケトルが、しゅん、と音を立てて真っ白い湯気を吐いた。僕はぽかんとしてしまった。「ただ、スペースシャトルが飛ぶ瞬間を見たかった」？

白い白い水蒸気を上げて昇っていく宇宙船。ホテルの五階からでも見えた風景。

思わずメルの方を見ると、メルは口元に柔らかい微笑みを浮かべたまま、淡々とコーヒーを淹れている。仕方なくお客さんの方を向いたら、彼女も僕を見ていた。笑ってくれるでしょうとでも言いたげな顔で。僕はほうれん草が喉に引っかかってるふりをして咳をし、目を逸らそうとしたけど、ダメだった。

「アテナイ市のホテル代、知ってるでしょ？」

「……うん」

正確には知らないけど、黒大理石で囲まれた高級そうなロビーや、あの大男に請求された場所代を考えれば、相当な額だろうとわかる。

「イリオスも、反対側のマゴニアも似たようなもの。私みたいな稼ぎの少ない学生には泊まれない」

「……お金を貯めたら？」

するとお客さんは弾けるような笑顔で笑った。

「それ、妹にも言われた。でも衝動ってそういうものじゃないでしょ？　一年後にはもう見たくなくなってるかも」

思わず顔をしかめる。

「そんな薄い興味なの？　そんな動機でこんなところまで？」

「いけない？　でも旅ってそういうもんじゃないのかな。行きたいから行く、見たいものがあるから見る。ただそれだけだと思うけど」

僕にはわからない。意味不明すぎて、思わず目を閉じて深いため息をついてしまう。だってこの人、僕たちが通らなかったら凍死してたかもしれない。コヨーテに襲われて食べられていたかもしれない。変質者（こんな荒野をうろつける根性があるかは別として）に殺されるか、蠍《さそり》に刺されて毒死かも。そしたら家族、妹はきっと悲しみ嘆くだろう。

「旅の意味は人それぞれ」

コーヒーの香りがして目を開けると、メルがマグを僕によこしてくれていた。ミルクを入れたかったけれど、そういえばあれが最後だった。しかも買いそびれた。苦いままのコーヒーを口に含み、天を仰ぐ。満天の星にたき火の煙が消えていく。

「それにしても、この宿は不思議ですね。ヒッチハイカーにキャンピングカーを貸し出すみたいなもの？」

お客さんの質問にメルは笑って、「似てるけど、ちょっと違うかな」と答える。

「もう少し豪華だよ。あと、動きながらは泊めない。動いちゃうと体に振動が伝わって、ゆっくり休めないでしょう」

「なるほど」

「それにね、別に泊めるのはヒッチハイカーに限らない。お嬢さんのような人を拾うこともあるし、泊まりたいと連絡してきた人を泊めることもある。でもいつだって、旅の途中で何かに困っている人が泊まるね。私は旅人の守り神だから」

「……ああ、だから水星号」

「そういうこと」

「どういうこと？」

僕が聞き返したその時、ドオンと音がし、地面がかすかに震えた。発射台の方角が眩《まばゆ》い光に包まれ、瞬間、白い水蒸気を噴きながら細長いスペースシャトルが、宙《そら》めがけて飛んでいった。

両目を細め、手庇《てびさし》をして彼方《かなた》へ消えていく宇宙船を見送る。

「空は宇宙。あの見える星々は本当は空じゃない。あるがままの、剝《む》き出しの宇宙」

お客さんはぽつりと呟くと、この世の幸せを全部束にしたような笑顔を見せた。

その晩、僕は空っぽになった貯水タンクの横で寝袋にくるまり、瞼《まぶた》の裏に何度も何度も映るスペースシャトルと星々を見た。ただスペースシャトルが見たいという理由だけで、あんなところで泊まろうとしたお客さんのことを思う。

翌朝、彼女をイリオス市まで送り、太陽が昇ってすっかり暖まった世界を元気よく帰っていく姿に、手を振った。

ガソリンスタンドでガスと、給水所でタンクを満杯にしたら、僕は再び水星号の助手席に座り、運転席のメルがアクセルを踏む。水星号はカーゴトレイラーと貯水タンクを引っ張って、また走り出した。都会にいると人がこっちを見て、何事かと噂し合う。手を振ってくる人もいる。それが少しこそばゆくて、僕は買ったソーダで顔を隠す。

「次はどこへ行くの、メル？」

「どこかなあ。まあ私が行きたいところに、誰かがいるよ」

メルはゴーグルをはめると、ふんふんと鼻歌交じりで言った。その自信はいったいどこから来るんだろう――旅先で誰にも会えなかったとしたら。どこまで走ろうと、誰も水星号を必要としてなかったとしたら。

「それはないな」

僕の不安を見透かすようにしてメルは言う。

「人間は移動する。どんなことがあっても、必ず移動する。あの女の子もそうだったでしょう？移動するのに理由なんかないんだ。そして移動すれば、必ず誰かと出会う」

「……それがメルの〝旅観〟？」

〝宿にはその宿の主の旅観が出る〟は、メルから教えてもらった概念だ。メルは大きなハンドルを左に回しながら、僕をちらっと見る。

「旅観のひとつかな」

水星号は左折し、ハイウェイへ入る。

「移動も大事。休むのも大事。どちらも大事にするなら、移動しながら休ませることじゃない？」

メルの横顔は平然としている。

「何それ？　むちゃくちゃだよ。第一、走りながら人は泊めないって昨夜も言ってたのに」

「比喩だよ、比喩。うーん、私は別に寝台特急がやりたいわけじゃないの」

「シンダイトッキュウ？」

それは昔、まだ飛行機すらない時代に流行《はや》った列車の様式で、長い長い線路の上を、何日もかけて走って旅するので、乗客が寝泊まりする寝台や、食べるための食堂、トイレなんかが用意されていたらしい。つまり民間宇宙船と同じようなものだ。

「私が小さい頃はまだあったんだよ。考えてみれば、寝台特急に憧れはあったんだと思う。でもね、乗り物の中で寝泊まりしながら移動するのは、ちょっと違うの。それはそれでありだけど」

道は混雑していて前の車が停まり、メルもブレーキを柔らかく踏んで静かに車をストップさせる。

「旅ってさ、宿が基点じゃん。宿から出て、宿に戻る。でも宿があるところに戻る旅って、限られた時間しか動けない、限られた場所にしか行かれないでしょ？　私はどこまでも自由に行きたい人に合わせた宿がやりたかったの。だからあらかじめ予約してくれれば、どんな荒野でも、向かって泊めてあげる。洗い立ての真っ白なシーツ、ふかふかのベッドでね」

虹が架かるほど高い崖から落ちる滝。オアシスの見当たらない砂漠。いつ終わるかもわからない森。そんな場所で夜を迎える旅人を、ただ、泊めたい。メルはそう言って笑う。

「そういう魔法みたいな宿がやりたいってだけ」

わかった。澄んだ水が胃袋に落ちるように。でもわかった様子はあまり見せたくない。僕はわざと顔をしかめて腕を組んだ。

「そもそも『だから水星号』ってどういう意味？　昨夜、お客さんと言ってたでしょ。僕ひとりだけわからなかった」

ハイウェイのすぐ横の車線を、乗用車や四駆が行き、次々と僕らを追い抜いていく。メルはにこにこして楽しそうだ。

「宇宙観測所に寄るべきだったね。水星は動きが速いんだよ。太陽の周りを、それはもうすごいスピードで回ってるのさ。きっと太陽系で一番足が速い。だから水星」

「それなら、彗星の方がいいんじゃない？」

少しむっつりして僕は言う。水星って惑星だろ？　それよりも飛び回ってる彗星の方が、メルっぽいじゃないか。

「水星ってラテン語でなんて言うか知ってる？」

「知らないけど」

「じゃ、今度調べて。とにかく私は移動しながら、この宿を必要としている人の前で足を止めるだけ」

　陽射しが窓から差し込んで、メルの横顔が光を帯びて輝く。

「私はね、一度本気で道に迷って、あやうく死ぬところだったことがあるんだ。昨夜のあのお嬢さんみたいに、無謀な旅に出てさ。そしたら、救ってくれた人がいた。旅は自由。旅人は自由。でも死と隣り合わせが当然な苦行なんて嫌じゃない？　全員を救えるわけじゃないけど、途中で私が拾うことで生き延びるなら、それでいいじゃん」

「……じゃあ、僕は？　お客さんじゃないから眠る時も車を止めないの？」

　僕は貯水タンクのそばで眠る。寝袋にくるまり、ランプを点《とも》し、読みさしの本を数ページ読んで、眠る。その間、メルは自分も眠ることもあるし、車を走らせる時もある。ゆらゆら揺れながら、僕は僕の家のことを思う。

　ああ、カードをどうするか決めなきゃいけないんだ。使ったら家族に居場所がばれてしまう、それだけは防がなければ。今はまだ。

　僕の家は、いわゆる大富豪って分類に入るんだろう。でもまだ宇宙旅行には行ったことがない――家族ぐるみで行く直前に、僕が家出をしたから。あの日までの僕は、一度も旅をせず、いきなりこの星の外へ旅立たされそうになっていて、どうしてもそれが嫌だった。母は何時間も化粧をし、妹は熱心に宇宙旅行雑誌を読んでいた、その脇を僕はすり抜けた。けれど父に見とがめられた。

なかなか前の車が進まないので、メルは車線を変更しながら、軽い口調で言う。

「君だってお客さんだよ、ケーリュケイオン。一応ね。でもタダで乗せてるから働いてもらうし、客室には寝かさないし、眠っている間に走りもするけど」

ゴーグルを上にずらし、僕に向かって片目をつぶる。

「君はまだ旅の途中」

そうだ。僕はまだ旅の途中。父と揉《も》め、取るものもとりあえず家を出たものの、どこへ行ったらいいかもわからず、途方に暮れていた。三日三晩水しか摂《と》らずに歩き続け、長い長い道路の傍らに倒れ込んだ時、大地を揺るがすようなエンジン音が聞こえた。うっすらと目を開けると、羽根付きのサンダルを履いた足が僕の前に立っていた。そうやってメルと出会った。

そしてあの日からメルの車に乗って、一緒に動き続けている。

僕は膝を抱えて窓にもたれかかり、外を見る。音もしないほど遠くで、きらきら光る機体が、弧を描きながら宙を目指す。

行きたいから行く。昨夜は意味不明だった彼女の言うことが、今なら少しわかるかもしれない。

この旅はいったい何なのか、僕はどこに行きたいのか。その答えが見たい。ただその思いだけが、僕の胸の中にある。

Voyage

グレーテルの帰還

#05 Gretel is back

森 晶麿

Akimaro Mori

XX-XX-XXXX

1

ラジオから、武漢《ぶかん》で新型ウィルスが発見されたというニュースが流れるのを、私は鼻歌まじりに聞いていた。ウィルスなんて平成の間にいくつ耳にしたか知れやしない。そのどれにも私は罹《り》患《かん》しなかった。本当にウィルスなんてあるのかしらと思うくらいだ。どのみち、平成二十六年に西アフリカ諸国で蔓延《まんえん》したエボラ出血熱ほどの暴君ではあるまい。時代は令和。平和の令和だもの。

私はラジオのチャンネルを変える。また「パプリカ」が流れている。最近は、かなり高い確率で「パプリカ」が流されている気がする。また局を変えたら、「へいせい　つかーれてた」という奇妙なフレーズが耳を捉える。私はその妙に一語一語はっきりと語りかけるような歌い手の声に耳を傾けた。若い声だが、妙に分別臭くもあり、歌詞の説教臭さも鼻につくが、とりもなおさずその楽曲は、私に過去を振り返るきっかけを与えた。

この屋敷に雇われて、間もなく二ヵ月が経とうとしている。

私は毎日、ハンディモップで黒塗りのベンツの埃《ほこり》を掃《はら》い、週に一度はホースを使って水洗いもした。撥水《はっすい》スプレーも定期的に施した。車内にはローズマリーの香りを。これは、屋敷の夫人が好んでいるもので、私の好みではないが、命令なので仕方ない。

待遇はきわめて良い。月給は手取りで四十万。嘘っぱちの好景気を謳《うた》うアベノミクスのさなかにあって、福利厚生ありでこの金額は、運転手としては破格の扱いと言える。まあこれは雇い主が甘い汁を吸える層にいるというだけのことではあるのだけれど、そんなことはどうでもいい。私としては、この屋敷に骨をうずめる覚悟だ。最近では夫人とも仲良くなった。

「ねえ、葵《あおい》さん。今日からあの人、出張でしょ？　私も行きたい」

私が車の手入れをしていると、奥様がやってきて言う。そう、この屋敷で私は葵と名乗っている。本名ではないが、そう呼ばれることにも少しずつ慣れつつある。私は笑って答える。

「さあ、それは私からは何とも申し上げられません。ご主人様に伺ってみないと」

「葵さんから話してよ」

「大事なお話は、奥様ご自身で仰ったほうがよいですよ」

奥様はむくれた。

「葵さんのいじわる。あの人ぜったい連れてってくれないわ」

私は奥様の大きなお腹にちらりと目をやる。

「今はお体を大事にされたほうが。でも、きっと素敵なお土産が待っていますよ」

「そうかしらね……彼当たり前のことしか言わないの。ドレス着ると『今日はドレスを着ているね』とか、料理を作ったら『醤油《しょうゆ》味だ。素晴らしい』とか。私を馬鹿にしてるの？　って思うのよね」

私は笑うだけで何も答えなかった。あまり下手なことを言ってあとあと問題になるようなことは避けなければならない。

「ねえ、今回はどこへ行くの？」

「秘書の方から、出張で山形へ向かわれると聞いています」

山形県天童市《てんどう》へ向かうと聞いたときから、私の胸に去来する一つの記憶があった。

あれは、二十年前――。まだ私は十二歳かそこらで、デビューしたばかりのラヴ・サイケデリコが大好きな少女だった。彼らの曲を聴けば、どこにいても私はいつだってリバプールの少女になることができた。まだすべてが想像のスタイルでしかなく、花のようなイメージでフライしていたのだ。

私たち家族は、その夏、家族旅行へ出かけた。心のバックグラウンドミュージックは「Your Song」。まだわからない英語部分は、「すたい」とか「ふらい」とか意味もなく口ずさんでいた。行先は、祖母のいる山形県天童市。その旅行を私が何にも増して記憶しているのは、それが我々家族にとっての最後の旅行であり、そして家族でいられた最後の夏でもあったからだ。

2

夏休みの高速道路は、ニュースで見たとおりの混雑ぶりだった。

私たち平成《ひらなり》家はその日の夜半過ぎに、名古屋《なごや》と豊川《とよかわ》のちょうど中間地点にある自宅を後にした。真夜中の出発は、こっそりと宝石の在処《ありか》を知らされた時のように胸が高揚した。家族旅行は初めてではないけれど、大抵出発は昼間だったから、真夜中の出発は特別だ。

それに、このときの旅行は、あまりに唐突に決まった。我が家が貧乏なのはわかっていた。父は大学の助教授ではあったが、あまり給料はよくないと毎日のように母が話していたし、そう言う母はパート一つやろうとはしていなかった。だから、いきなりの決定に予算はあるのかとか、あんたのそういうところが嫌いだとかいった口論が夫婦間で勃発していた。私と兄の令雄《れいお》はそのやりとりを隣の部屋で耳を澄《す》ませて聞いていた。

あの頃の母はいつも、家でテレビを観たり雑誌を読んだりして夕方ごろからちょっとだるそうに身を起こしてカレーライスなんかを苛立たし気に作ったりしていた。あの晩もカレーライスだった。夕飯の支度の煩《わずら》わしさもさることながら、父の帰宅時間が不透明だから余計に苛立《いらだ》っていたっけ。子どもの私にはそれ以上の深い事情はよくわからなかったが、たぶんそこには男女問題なんかも絡んでいたはずだ。とにかく、家庭一般が抱える灰色の憂鬱《ゆううつ》と、気怠《けだる》さをビニール袋いっぱいに持ち合わせたいつも通りの夜だった。

何度か溜息《ためいき》をついたのを覚えている。この年の夏休みも例年通り、だらだらとツタヤから借りてきたビデオでも観て過ごす以外にはないことを覚悟していたからだ。それも、父の趣味でへんな仁侠《にんきょう》映画なんかを観せられるのだから子どもにとっては地獄《じごく》のような夏休みだ。あまりに仁侠映画ばかり観せられすぎて哀川翔《あいかわしょう》に昂奮するようになってきたくらいだった。

この時期、周囲の友だちはみんな家族旅行に行ってしまう。それなのに我が家ときたら……。やがてどんよりとした空気のカレーライスタイムが終わり、バラエティ番組も観終えて退屈なミニ情報番組の時間になった。私は情けないやら悲しいやらの気持ちを吸い込みながら、テレビをぼんやりと眺めていた。

チャンネルを変えたら、二ヵ月前に起こった豊川市主婦殺人事件の続報をやっていた。世間一般でみればさほどのビッグニュースでもないけれど、地元メディアはずっとこのニュースを追いかけていた。やっぱり自分の近くでこういう事件が起こったというのは、みんなの関心事であるらしい。狭い日本なんだからどこも近所のようなもんじゃないか、と私は思っていたけれど。

ただの無抵抗な老齢の主婦を、その少年はターゲットに選んだ。動機は「未来のある人は避けたかった」という何とも殺伐としたものだった。六十四歳の老女には未来がない、というのがその少年のなかに図式としてあったようだ。

――令雄はどう思うのであろうか？　おばあちゃんだから未来がないんだって。未来って何年分くらいあったら未来ってカウントされるんであろうか？

兄の令雄はソファに腰を下ろして数学のチャート式を読んでいるところだった。一度解答をぜんぶ読んでしまってから問題を解くというのが兄の勉強法なのだ。おいなごみ、と兄は言った。私の名前は平成和美《なごみ》というのだ。

――おまいなにを言ってるのだ？　大事なのは、子どもを狙わなかったってことではないか？この犯人の少年は、自分は少年Aみたいに未来のある人を奪うような真似はしなかったよと主張したいのであろうさ。独自性の確立だな。USP。わかる？　ユニーク・セリング・プロポジションだよ。

さすが令雄兄だ、と思った。兄は弁も立つし頭の回転も速く、学校の成績もいつもトップだ。私はそんな兄を誇りに思っていた。いや誇りに思っていたなんてきれいな言い方では足りない。私は令雄の一挙手一投足を息をのんで見守ってきたのだ。令雄のすべての仕草があまりに美しくて、私はいつも内心で令雄の血色のいいほっぺに触れたくて触れたくて仕方なかった。私の頭は、いつもよこしまな妄想で溢《あふ》れ返っていた。風呂に行くときに、令雄が私の裸をじろじろ見ていたりすると、その視線に気がどうかなりそうになったものだ。

救いと言えるのかどうかわからないが、私と令雄は血がつながっていない。父母は再婚同士で、令雄は父の連れ子だった。きっとだから余計にこうした感情を抱くことに歯止めが利かなかったんじゃないかと思ったりする。

対して、令雄の能度はいつもツレなかった。私が令雄を好けば好くほど、令雄はそんな私を邪険に扱うのが常で、彼に好かれるために私は彼がどんな漫画に夢中なのかをつねに調査しなければならなかった。それゆえ私は少年漫画については、自分の口の中並みに詳しかったけれど、少女漫画やアイドル事情についてはまったく興味がもてなかった。友だちはＳＭＡＰファンかＶ６か新興の嵐ファンかで分かれていたが、私はＤＡ ＰＵＭＰのダンスがかっこいいかな、くらいしか思わなかった。とにかくこの年の私のブームは、何といってもラヴ・サイケデリコ一色と言ってよかった。彼らの音楽は、邦楽のようで邦楽でなく、私を狭い世界から連れ出してくれる予感があった。私は母が台所で聴くチェッカーズに負けないように心の中でラヴ・サイケデリコの「Your Song」を自らのテーマソングとして流し続けていた。

――ああつまらねえつまらねえ。俺もいつかでかい事件を起こしてマスコミの注目の的になってやるのだ。ああそうだ、手始めに妹を殺すってのもいいなぁ。どうだ、おまい、俺に殺されてみるか？

令雄はいつも私のことを「おまい」と呼ぶ。たぶん父が母を呼ぶときの真似をしているのだ。私は小さく頷《うなず》いた。令雄にだったら、殺されてもいいと思っていた。それで令雄が英雄になれるというのなら、喜んで殺されてあげたかった。幼い頃から母に罵声を浴びせられたせいか、私には自尊心というものはほぼないと言ってもよかった。私という存在に生きている価値なんてあるのだろうか。あるとしたらそれはどんなだろうか、といつもぼんやり空を眺めながら生きてきたのだ。

うちの貯金がゼロなのは私が育ちざかりになって食費が増したせいらしかった。だから私は実際、この家のためには永遠に八歳かそこらでいるか、さもなくば死んだほうがいいんじゃないかなんて考えていたくらいだ。

――どんな殺され方がいいだろうか。私、首を絞めてほしい。

――それはおまいエクスタシーの原理だな。おまいは物質と化していく己にある種の快楽を覚え、首を絞めるほうは徹底的に相手の形状を自在に変形できることが嬉しいのだね。ところが俺ときたら、そうしたことにはあまり興味がない。俺はもっともっと悪いのだ。もっともっと莫大な数の物質を生み出したいのだよ。

——莫大な数？

——英雄とは何かわかるか？　先の豊川の事件の少年は、何だかんだと言い訳をしているが、卑怯者《ひきょうもの》さ。英雄というのは、そんな一介の主婦を物質と化して喜んでいるような小さな存在じゃないんだな。もっと何百倍もの不幸を生んでおきながら、その何千倍もの人々にこの何百の不幸のお陰でおまいたちが救われたのだと、まあこう思わせられたなら成功さ。

——令雄は殺人鬼になるんだろか？　少年Aみたいに？

私がもう少し幼かった頃、神戸《こうべ》のほうでそうした事件があって、少年が子どもを次々と襲い、殺した。あまり詳しくはニュースを見なかったが、クラスメイトのはしゃぎ具合から、いかに残酷な事件だったかは想像がついた。兄はその頃から事件について書かれたいかがわしい雑誌を探してまわり、まだ普及率の低かったインターネットを駆使して事件現場の画像まで収集していたようだ。徹底的に目で見たものだけを信じるというのが、その頃の令雄のトレンドだったのだ。

——今回の殺人で評価できるのは、年寄りは無価値という、誰もが持ち得る思想を犯行動機に据えたことであろうな。実際、どうだい、おまい、温故知新なんて大嘘だと思わないか。新しいものだけが世界の論理を更新していくのだよ。まったく新しいところから国家を作っていくのなら、徹底的に無駄は排除していかねばならぬだろう？　だが、あの少年のやり口はいかにも効率が悪い。俺ならば、老人の免疫を弱らせるようなウィルスを撒《ま》く手を使うね。世の中、何でも費用対効果さ。たった一人の老婆を殺して少年刑務所で過ごすのではわりに合わない。

――でも、私はお年寄りに価値がないというのがそもそもわからんのだけれども。

――おまいは馬鹿だからな。よく考えてみるがいい。だいたい今の年寄りってのは戦争のときに天皇陛下万歳の精神で突進していって馬鹿げた戦いに気づきもしなかった連中じゃないか。いまだに日本がアメリカの属国なのは奴らのせいだ。そんな連中に何を遠慮することがあるかい。

――そういうもんであろか。

――そりゃあそうさ。そういうもんだ。

令雄は自分に言い聞かせるようにして何度も頷いた。と、そこへ父親が仕事から帰ってきた。

――おい、おまいたち、今すぐに旅行へ出発するぞ。

はじめは酔っているのかと思った。だが、それにしてはアルコール臭はするものの、台所の流しを三日放置した時のような臭いが上回っている。それに、酔いのときの妙に瞳孔の開いた感じも微塵《みじん》もなかった。

台所でチェッカーズを聴きながら煙草を吸っていた母親が怒鳴った。

――なに馬鹿なことを言ってるのよ、旅行だなんて。今日は平日じゃないの！　だいたいよくも昨日の喧嘩《けんか》も片付かないうちにそんなことが言えたわね？　寝言は寝て言え！

その前の晩、父と母は何やら夜遅くまで口論していた。私はそういうとき、最近は頭まですっぽり布団をかぶってしまって「Your Song」を頭に流してしまうので聞こえないのだ。

ああまた今夜も喧嘩が始まるのか、と思った。だが、そうはならなかった。母は父としばらく台所で口論を続けていたかと思うと、長い沈黙を挟んだ。それから、なぜか令雄を呼びつけた。

令雄はなんで俺が、と訝《いぶか》った表情になりつつもすぐに立ち上がって台所へ向かった。私以外の家族三人でしばしの話し合いがもたれた後、三人が私のいる部屋へやってきた。令雄の顔色が、たった数分前とは別人のように蒼白になっているのが気になった。何を言われたのであろうか？　母が私に言った。

——十分で支度をしなさい。ここで飢え死にしたくなければね。

私はテレビを消し、支度を開始した。飢え死にはしたくなかったから。父と母が別室へ移動すると、令雄は一人、何やら企むような笑みを浮かべながらゆっくり荷造りを始めた。そして私に囁《ささや》いた。

——か、家族旅行だってさ。よかったな。ちょうどいい機会だ。旅行先で何かでかいことでもやらかしてやるとしようか。

私の心はまるで嵐のプレハブ小屋みたいにざわついていた。令雄がどもる時は、柄にもなく私を安心させようとするときだとわかっていたからだ。なにか事情があるのに違いなかった。令雄は独り言のように言った。

——旅行はいいぞ。何がいいかって考えたら、わかったのだ。ああそうか、と。家から離れてどこかへ行けるのが素晴らしいのだ。

そうだね、と私は答えた。

3

「ばあちゃんのところへ帰るんだ。もっと喜べ」

父が日産《にっさん》のマーチに荷物を詰め込みながら言うのへ、令雄は「なんで急に帰るの？」と尋ねた。兄もまだ理由は聞かされていないらしかった。

「夏休みに帰省するのは、いわば、当たり前じゃないか」

父はすぐに〈まさに〉とか〈いわば〉とかそういう言葉を挟む。サンダルに入り込む小石みたいにカジュアルに。そういう言い回しが、言葉の重みをわずかに変化させると信じているのだろう。

「これまで夏休みに帰ったことないと思うのだけどな……」

令雄の指摘は正しい。我が家は一度たりとも夏休みに婆孝行なんてしたことがないのだ。数年前の正月に帰ったことがあるきりだ。

私は父の母親であるおさとばあちゃんがあまり好きじゃない。我が家のみんなそうだ。母なんか日頃から何かと言うとおさとばあちゃんの悪口を言っているし、父だってそれに反対するのは見たことがなかった。

しかし、父は大威張りで答えた。

「その指摘は当たらないな。おまいが三歳くらいの頃はよく帰っていたぞ。ここ数年は、いわば、おまいたちに手がかかりすぎたのだ」

父はいつでも〈その指摘は当たらない〉だ。それで論理だてて説明したような気になっているんだけれど、よく考えれば、私たちが手のかかりすぎた記憶はない。私に至っては無駄口を叩くことさえ許されない。いつも正座して食事をとり、父母のご機嫌取りをして生きているのだ。それで手がかかりすぎると言われて、これ以上どうしろというのか、死ねということかと考えてしまう。

「おばあちゃんに成長したあんたたちを見せないとね」

母までそんなことを言う。腑《ふ》に落ちない。三人での話し合いの後に令雄の表情がおかしかったのも気がかりだ。これはもしや金に困って、借金のために頭を下げにいくのか？

うちは貧乏だ。つねに金策の話をしているし、前の週にもう借りる先なんてないと愚痴っていたのを思い出す。お義母《かあ》さんに頭を下げれば、という母にその指摘は当たらない、とまた父が答えていたはず。それが急に金を借りる気になったということだろうか？

トランクに荷物を入れようとしたら、父に「おまいの荷物は足元にでも置け」と不機嫌に言われてしまった。足元に荷物を置くと足が疲れるのよと私は言ったが、トランクはもういっぱいだと言われたので仕方なく足元に荷物を詰めた。よく見ると、令雄と私のシートの間には父と母の衣類が入ったバッグもある。となると、トランクにあるのはおさとばあちゃんへの手土産に違いない。金を借りるなら、それ相応のものを用意したのだろう。

荷物を積みながら令雄に目的は借金だろうかと小声で尋ねた。

「そりゃあそういうことだろうな。あんなババアに会いに行く理由、それ以外にあるわけない。だいたい予想はつくよ。先日、父さんはいよいよ消費者金融にも金を貸してもらえなくなって首が回らないから闇金融に手を出した。それで焦ってるのであろうよ」

「令雄はなんでそんなことを知っているんであろか?」

「俺たちの親は、居間で情報を洩《も》らしすぎる。ほれ、子どもにバレたくない話になると急に英語を使うだろ? あれな、俺はもうわかるのだ。だからすぐにわかった。もううちはヤバい。下手したら、このまま夜逃げってこともあり得るぞ」

そう喋《しゃべ》っていると、父が背後からおーいもう出発するぞと怒鳴ったので、私たちはそそくさと後部シートに並んで座った。足元にもぎっしり荷物が入っているせいで座り心地は最悪だった。

父が最後の荷物を詰めると、いよいよ出発と相成った。

「さあ、楽しい家族旅行だぞ。日常をぶっ壊すんだ! もっといい顔をしろ」

父はそんなことを言いながらエンジンをかけた。そりゃあ旅行だから日常をぶっ壊すに決まっている。マーチはぼふぼふと音を立てて北へと走り始めた。

窓の外を月がずっと並走していて何とも心強かった。電柱たちは他愛なく振り切られていくというのに、この月のしつこさときたら。こんなふうに一生好きな人に寄り添って生きてみたいのよ私、と内心で考えたりした。

道中は混雑していた。ほぼ直線の中央自動車道は、車のライトで絢爛《けんらん》な竜に様変わりしていた。父はやたら大音量で矢沢永吉《やざわえいきち》をかける。私には矢沢永吉の音楽のどれが何というのかいまひとつよくわからない。どれも同じ楽曲に聞こえるが、父いわく全部ちがう曲らしい。

そのうちボリューム争いが始まる。いつものことだ。大音量で音楽を聴きたい父に対して、母はボリュームなんてほぼゼロでいいという考えだ。チェッカーズ以外の音楽がそもそも嫌いなのだ。それはそれで可哀想な気がしないでもない。

母がボリュームを絞ると、また父がボリュームを上げる。その無言の繰り返しの後、母が唐突に音楽をストップさせた。

「これから先のプランもないくせに、よく音楽なんか聴けたものね」

「その指摘は当たらないな。プランならある。実家に帰る」

「その先の話をしてるのよ」

「まだ実家に帰ってもないのに、帰った後の話をしても始まらないんじゃないのか？」

「そんな人と帰りたくない」

「実家に帰って、実家でのんびりするさ」

「私は壊れたテレビと話してるわけ？」

「壊れたテレビのような印象を与えたとすれば謝りたい」

母は血の気が多いのですぐにつっかかる。対する父は、あまり激高することはないが、つねに不誠実だ。何でも父の専門は政治学というものらしく、ひと昔前には『政治話法辞典』という著作も出版しており、本人曰く業界内での評価は高いのだとか。

政治話法とは何か、と令雄に尋ねたら、令雄は一言〈不誠実に、自分の要求を押し通す文法のことさ〉と言った。その文法に則れば、答えたくない質問はすべてかわすことができ、どれほど責められても謝罪ひとつせずに済ませることができるのだとか。そう聞いて、私はなぜそんな魔法を学校で教えてくれないのだろか、と思った。学校では役に立たない道徳や国語の授業なんか教えるよりもまず政治話法を教えてくれればいいではないか、と。実際、この時も父は「謝りたい」とは言ったが、結果的に何の謝罪もしてはいなかったのだ。

二人の会話はエスカレートしていく。

「こないだのマッチについての言い訳、まだ聞いてなかったわね」

「マッチ……？　どれのことだったかな」

ハッと母が乾いた笑い声を立てた。その笑い声で火が起こせそうなくらいにざらついた笑い声だった。

「〈マーメイドホテル〉のマッチのことよ。繁華街にあるやつ。あんたがエッチのあとにポケットにしまいこんだやつよ」

「エッチのあとにポケットにしまったという指摘は当たらない」

「じゃあ何て言えば当たるわけ？」

「あのホテルにマッチがあるなんて知らないさ」

「それがマッチだと知らなかったんなら、あんたはきっと直方体の何かをついつい手にとってポケットに入れたのよ」

「その指摘は当たらないな。そんな記憶はないから」

「ねえ、記憶ってとても主観的なものなのよ。あんたが覚えていないなんてことはそもそも何の証明にもなり得ないんだわ」

「それを言ったら、覚えていると答えても嘘かも知れないだろう？　本当はそれ、君がどこかの男とホテルに行った時のものじゃないのか？」

「は……？」

私はこの口論もまた、結局父が逃げ切るだろうことを予測していた。逃げ切れないわけがないのだ。この手の口論において、フラットに、曖昧《あいまい》な領域を保存して話す者は、最後の最後まで、ほんの一ミリでも曖昧な聖域を残し続ける。そしてその曖昧な聖域に足を踏み入れさせなければ、この話者こそが勝者となる。

私はだから、また母が負ける現場を見たくなくて、窓の外を見た。私にはふつうの子ども並みに親や家族への執着というものがあるのだ。

たとえば、点《つ》きっぱなしのテレビで志村《しむら》けんの「バカ殿」がやっており、それまでの喧嘩がやんで笑い声が上がるとき、私はある種の一体感を覚える。ああ私たちは同じものを見て馬鹿馬鹿しいと思う。これが同じひとつの絆《きずな》で結ばれているということなんだ、と。だからほかの家族はどうか知らないが、私はこの家族の絆が壊れそうに感じると、心臓が両端から引っ張られるようにつらいのだ。

窓の外の景色は、徐々に建物が少なくなってくる。田園のなかにぽつり、ぽつりと独り言みたいに家がある。最後におさとばあちゃんの家に行ったのは幼稚園の正月だった。あのときもやっぱり我が家は金欠で、お年玉を私と令雄がもらうと、すぐさまそれが父と母に回収されてしまったのだった。

目の前で見ていたおさとばあちゃんも何も文句を言っていなかったから、きっと了解済みのことだったのだ。私はじつのところおさとばあちゃんがひどく苦手だ。いつも私に対して、まるで物でも見るように一瞥《いちべつ》をくれる。令雄へはちがう。目に入れても痛くないくらいのとろけそうな笑顔を向けていた。それについて令雄は、この国にはびこる家父長制という問題に絡めて答えてくれた。

——おまいは連れ子だろ。あのババアにとっちゃ何の血の繫がりもない他人だからな。それに、そうでなくても、この国は男子が大事なのさ。女なんて子どもを産む機械であるからなぁ。そりゃあおまいのことも機械としか思っちゃいないのさ。二重三重に機械だな。

——おさとばあちゃんも女なのに？

——出産を終えた女は女じゃない。女でも男でもない場所から傍観しつつあれこれ世話を焼くのさ。最終的には自分の尻を拭ってもらいたい。だから、男に媚《こ》びることだけは忘れない。あのご老人の頭は、そういうふうにできている。

私はそういうものか、と考えた。あまり気分が暗くなったりもしなかった。ただ、前々からうすうすわかっていた世界のからくりにいよいよ納得がいった。

窓の外で、鷺《さぎ》が啼《な》いた。車は岐阜を抜け長野に入った。どんどん闇が濃くなり、座光寺《ざこうじ》のパーキングを過ぎた辺りからわずかに空気がひんやりとしてくる。夏なのに、私たちは一つの毛布を分け合っていた。毛布の中で、私はそっと令雄に手を伸ばす。すでに眠っている令雄の手は、温かだった。

4

明け方頃、唐突に二人の口論が途絶えた。三日放置した台所の流しのような父の体臭が、余計にその沈黙を際立たせた。

母が父の浮気についての追及をあきらめたのだ。それはあらかじめ定められたゴールのようなものだった。母だって父が浮気を認めるなんて思っていたわけじゃないし、仮に浮気を認めたら大きな感動を得たかというとそうでもないだろう。きっと母もまた、本当には浮気が発覚することを求めてはいなかったのだ。いわば不毛なプロレスだ。

渋滞はとうに解消されており、前後にも車はなく、あたかも我が家の車だけが北陸自動車道を駆け抜けているかのようだった。車内の気温は低く、このまま冬が始まりそうなほどの寒さに鳥肌が立っていた。

不意に目覚めた令雄は私の耳元に〈政治的だね〉と囁いた。

「きっとこの先もあの夫婦はずっとそうやって進んでいくのだよ。二つの車輪がべつの方向へ走っているのだからいつか車体がバラバラになる。にも拘《かかわ》らず二人は別れないのさ。それがこの家の構造だ。矛盾を孕《はら》んだ破綻《はたん》した構造こそが俺ら家族なんだ」

そうね、と私は内心で相槌《あいづち》をうつ。きっと私たちは破綻しているのだ。父は嘘つきで、母はチェッカーズと嘘つきを愛している。私は兄の令雄を求めているし、令雄は大量殺戮《さつりく》を夢見ている。きっと誰一人まともじゃない。

それでも私は、この家族を愛している。母は溜息をついて窓の外を眺め始めた。父はいち段落ついたとでもいうようにふたたび音楽をかけはじめる。

「例の豊川の事件のガキも、お義母さんを殺してくれりゃよかったのに」

唐突に、母が言った。何のつもりでそんなことを言ったのかは次の言葉を待つよりほかなかった。

「私はお年寄りは大事だと思うよ。これまでもずっと思ってきたし、これからもお年寄りは大事だと思う。でも、あんたの母親だけはべつね。あれだけは殺してもいい命だと思うわね」

父は笑った。父が怒りださないことは予想がついたが、笑いだすとは思わなかった。浮気への追及が弱まったことに喜んでいるのかもしれない。

母がこんなことを言うのは、夫がどんな攻撃をもかわす不死身の生き物なら、せめてその母親を言葉で殺そうという心理からの攻撃だろうか、と私は考えた。

「同感だな。殺されちゃまずい年寄りなんて、まさにこの世に一人もいないよ。みんな我儘《わがまま》になるんだ。いわば、だんだんタガが緩む。むかしは人生五十年っていった。昔のお年寄りってのは四十代のことさ。六十や七十過ぎれば、もはや手に負えない。なぜ死なないんだとみんな慌てだす。それで姥捨《うばす》て山っていう選択肢が生まれる。むだに長生きするやつは山に捨てよう、と。

我が儘なんだから仕方ないさ。だから、俺はあの少年のことも、間違っていないと思うよ」

父は暢気《のんき》な口調で言う。でも、穏やかな口調のわりに言っていることはおそろしい。

「ちょっと待って。それは私の意見と違うわね。私はお年寄りは大事よ。憎いのはお義母さんだけ。意見が合致したみたいに言わないで。つまりあんたは、あの少年がやったことが倫理的に認められるべきだっていうの？」

せっかく話題が変わって喧嘩も一区切りかと思ったのに、また不穏な気配が差し込んで来る。

「そうは言わないさ。でも彼のやったことが間違っていると言えるような社会には、そもそもなってない。この国はいわば、ずっと昔からそうやって年寄りを無用のものとしてきた。今さら、その根幹にあるものを覆すことなんかできやしないさ」

「だからあの少年が正しいと、そういうんだね？」

「その指摘は当たらないな。あの少年が正しいとは言ってない」

「同じことじゃないの……あんたみたいに命を軽く考える人間と一緒に家庭を作ってきたかと思うと恐ろしくてたまらないわ。反吐《へど》が出る。殺人鬼と家庭を作ってきたようなもんじゃないの」

「その指摘は当たらないね。俺は殺人鬼ではないし、命を軽く考えてもいない。命は人間にとってかけがえのないものだよ」

「ああああもうやめてちょうだいよ、何を言ってもその指摘は当たらないその指摘は当たらないって馬鹿の一つ覚えみたいに！」

「馬鹿というのも一種の差別用語であって……」

「黙れ！　離婚よ、離婚。慰謝料払って」

「慰謝料を払えば済むという問題でもない。冷静になってくれ」

「私は冷静よ。今回の旅行だって、あんたの馬鹿げた借金問題さえなければ、こんな帰省は必要なかったんだから！」

やっぱり借金が帰省の理由なのか。それで母は付き合いたくもない帰省に無理やり付き合っていて機嫌が悪いのだ。

「さっさと慰謝料を寄越したら私は自由の身になれる」

「人間は離婚ひとつで自由になどなれない」

「なれるわよ。少なくともあんたからはね」

「その指摘は当たらない。君は離婚すれば、まさに俺という負債を抱え込むことになる。それは一生ついてまわる負債だ」

「意味不明だわ。別れたくないって言いたいわけ？」

「別れるという概念自体を持ち合わせていないんだよ。結婚というのは、いわば一つの契約であり、反故にすれば双方に大きなデメリットが伴う。俺に非があったのならば謝りた……」

そこで突然車体が大きく揺れた。

母が父のハンドルを思い切り揺らしたのだ。

「な、何をするんだ！　おまいは！　正気か？」

「あらあら、珍しく動揺したわね」

「そりゃあ動揺するに決まっている。死ぬんだぞ？」

「私はあんたのそんな動揺が見たくて見たくて仕方なかったのよ。のらりくらりといつも誤魔化してばかりのあんたが、心の底から震え上がるところが見たかったのよ！」

「お、おまい……気はたしかか……」

父は急ブレーキをかけた。そこはろくに家屋も見当たらない山林近くの細い道路だった。見たこともない場所だったが、なぜか懐かしい匂いがした。ここはいま何県だろか。

父が溜息をついた。

「そんなに離婚の話がしたいのか？　本気なのか？」

「本気も本気よ」

「……いまは後ろに子どもたちが乗っているんだぞ？」

何を今さら、という気がしないでもなかったが、父は急に私たちの存在を気にした。その言葉を、母は鼻で笑った。

「子どもにも聞いていてもらったほうがいいんじゃないの？」

「未来ある子どもにこんな話を……」

父の脳みそというのはじつに不思議だった。日頃は家庭のことをほとんど顧みず、私と口をきくことなんて年に何度もないくらいなのに、こういうときはさも子どもが大事であるかのようなことを堂々と言える。本人はこれを計算でやってるのか、それとも天然自然に言えているのか。それすらこちらからは判断ができない。

「とにかく、あんたは子ども抜きで話がしたいってわけ？」

「そうだな。今の状態では話せない」

もしかしたら、父にもプライドがあるのかもしれない、と私は思った。想像もつかないことだが、私と令雄がいないところでなら、いくらでも母に頭を下げることができるのかもしれない。

父はまたゆっくりと車を発進させた。しばらく行くと大きめの寺が現れ、あとは寂れたプレハブ小屋、ビニールハウスのフレームだけ残された荒地が続いているばかりだった。やがて、ついにはガードレールと道路のほかに人工物は見当たらなくなった。

夜空は少しずつ青みが差し、山の輪郭を描くようにうっすらと陽光の兆しが見えていた。ゆるゆるゆると、車はいまにも止まりそうな速度で走り、やがてほんとうにふたたび止まった。

「着いたぞ、おまいたち。おさとばあちゃんの家だ。ほら、あの水晶山《すいしょうざん》の麓《ふもと》にあるのがそうだ」

だが、そう言うばかりで、父は動こうとせず、母も降りる気配を見せない。私はとっくに起きていたのに目をこする素振りをして、やはり起きていたであろう令雄を揺すって起こした。

「おまいたち、先に行って顔を見せてあげなさい。父さんと母さんは少し大事な話をしてから行く」

「どのくらいで来るの？」と令雄が尋ねた。当然の疑問だった。私も令雄も祖母に父母抜きで対応したことはほぼ皆無なのだ。

するると父はいやそうに舌打ちしながら答えた。

「そう遠くない時期を考えている」

5

板戸を叩くと、不機嫌な祖母の声が返ってきた。考えてみれば、時間は朝の七時とかだ。そんな時間に板戸を叩かれたら、誰だって不機嫌になるだろう。

祖母は、寝癖のついた、まさに山姥《やまうば》のような風体で現れた。

「どげえしたんだ、こげな時間に。おめえたち、どこの村の子だ？」

祖母は私と令雄を交互に睨んだ。

「おさとばあちゃん、僕だよ、令雄だよ。ひさしぶり」

令雄は、こういうときにどんな目をすればいいのかをちゃんと知っていた。祖母はすぐさま態度を改めた。

「令雄ぉ！　よぐござったなっす。こげえに大ぎくなってぇ！」

祖母は令雄をすぐに抱きしめた後、ちょっと経ってから私に一瞥をくわえたが、私の頭を撫《な》でようとさえしなかった。

「さあ、あがってけらっしゃい」

祖母は令雄にそう言った。その言葉は令雄に向けられたものだったから、私は自分も同じように家に入っていいのかどうか迷っていた。

だが、板戸は二人が入ったあとも開いたままだった。おどおどしていると、「風が入る、はやぐへえれ！」と鋭く怒鳴られた。

私は急いで中に入って板戸をしめた。中には広い土間があって、その奥には昔ながらの囲炉裏《いろり》というものがあった。ああ、何も変わっていない。数年前に訪れた時と寸分違わないおさとばあちゃんの家だ。とうとう着いたのだ、と私は思った。

「昭夫《あきお》たちはどげえしたんだ？」

祖母はようやく、父と母がいないことに気づいたようだった。

「なんか、買い忘れたものがあるんだってさ」

令雄が機転を利かせた。話し合いに行っているなんて言ったら、きっと祖母は二人が仲違いしていることにすぐに感づくだろう。

久しぶりに見る祖母は、記憶のなかのそれよりずっとみすぼらしく、汚かった。いつのまにかほっぺに大きな疣《いぼ》なんかができていて、寝間着の浴衣《ゆかた》はひどくだらしなく、今にも肩から落ちて半裸になりそうだった。皮膚は皺《しわ》くちゃでまるで湯葉だ。

「なして見よんだがや！　薄汚いへなこが！」

祖母は私のことを薄汚い娘だと認識したらしかった。やはり祖母は、家父長制の奴隷だった。令雄に対しては、ほとんど無条件に、痒《かゆ》いところすべてを掻《か》いて回らないと気が済まないかのように甲斐甲斐しく世話を焼いた。お腹は膨《ふく》れたが？　いやこげな立派なやろこが、まだまだ食べるじゃろ、デザートにプリンばどげえかね、アイスクリームもある、お風呂ばわいた、いちばんに入ってけらっしゃい、石鹸《せっけん》もあんべ、タオルもあんべ、とまあこんな調子だ。

そして、うっかり令雄が気をつかって食器でも下げようものなら、やろこが食器さ下げんでえぇんだがや、とあたかも余計なことをさせてしまったことを悔やむような声を上げ、ついでこちらを睨《にら》みつけた。

「おいそこのへなこ！　早ぇとご食器さ下げるんだなっす！　ちゃぶ台さ拭げ！　令雄が風呂さ入ってるあいだにお湯さ使うな。食器洗いはおめえの兄さが上がった後だなっす！　まっだぐ、なしてこげな初歩的なことさわしが教えなきゃならねえんがねえ。昭夫と和子《かずこ》はいってえ何さ教えてたんだべか。まっだぐ」

食器を洗い終えると、今度は布団を出させられた。一つだって私が令雄に手伝わせようとすれば、聞いたこともないような罵詈雑言《ばりぞうごん》が浴びせられた。あのヒステリックな母でもこのような口汚い罵《のの》りは浴びせてこない。やっぱり母が恋しい、と思った。

父と母の話し合いはうまくいっているのであろうか。もしも話し合いがこじれて離婚なんてことになったら、この旅行はどうなってしまうのだろうか。早く来て、お母さん、お父さん。また喧嘩してくれてもいいから。

でも、そんな願いも虚しく、その日、父も母も祖母の家に姿を見せなかった。

「放っておげ。あの才らはどうせ金の無心さしに来るんだべ。私の顔さ心配して帰ってくるような子じゃねえんだから、ありゃあ。あの子に令雄、あんたの優しさの一かけらでもありゃあねえ」

そんなことを言いながら、やがて祖母は眠ってしまった。

眠りにつくと、ようやく私は自分がひどい空腹状態にあることに気づいた。朝飯も昼飯も夕飯も、私の前にはご飯茶碗一杯分の白米がつがれただけだった。

私は台所の鍋の中からそっとおかずの残りを手にのせて、それをむさぼるように食べた。ひじきと人参の煮物は、まるでうごめく蛆虫《うじむし》みたいに見えたけれど、醤油の濃い味が空腹に染みわたった。

6

二日目も同じように過酷な労働によって時間は埋め尽くされていった。心のテーマソング「Your Song」も流石に台無しになりそうなくらいの惨《みじ》めな山村奴隷生活といってよかった。

父も母も相変わらず帰って来ず、朝から晩まで私は祖母にこき使われて足腰が痛くてたまらなかった。朝は床の雑巾がけ、それから炊事洗濯、また掃除、風呂焚き、寝床の準備。そして罵声、罵声。

ようやくすべての家事を終え、祖母の寝息が聞こえてきたのを確認してから私が布団に戻ってくると、令雄が「これ、食べるか」と尋ねた。見れば、祖母が令雄にだけこさえたおにぎりだった。私はそれをもらってはむはむと頬張った。

「俺、おまいも知ってのとおり、あんまり胃が大きくないのだ」と令雄は言った。そのとおりだった。私は五つも歳が離れているのに、もう令雄と同じかそれ以上食べることが多く、そのせいもあって母から罵られることが最近では増えているくらいだ。

「なんであのババアは俺にあんなにも飯を食わせるのだろうな。まったく腹立たしく不快であるよ」

「令雄がかわいいからではないのだろか」

「まあ、そういうふうを装っているよなあ。だがそれが真実かどうかはわからないぜ？　いつだって世の中には二つの面があるのだ」

「二つの面？」

「コインの表と裏だな。あの老主婦殺しと同じさ。あの少年は、未来のある子どもは狙いたくなかった、と言ったが、じつは年寄りを狙いたかったのかもしれぬ。醜く、おぞましい存在にナイフを突き立ててみたかったわけだ。これが、二面性だ」

「それは、二面性であろうか」

　私には同じ面をべつの角度から言っただけのように思えた。けれど、力強く、令雄は二面性だ、と言い張った。

「この状況はきわめて不公平だ。なあ、そうだろ？　おまいは腹を空かせており、俺はこのようにたらふく食わされている。だが、ここには何らかのからくりがあるとは思わないか？　つまりは、どうしてババアは俺にばかり食わせるのかということさ。そう、さっき言った二面性というやつだな。ババアは俺をかわいがっている。それが一面。もう一面は、俺をかわいがりすぎている」

「……なにが違うのであろか」

わからないかなあ、と令雄は溜息をつきつつ、言葉をつないだ。

「昔から言うだろう。かわいくって食べちゃいたいって。まさにそれだ。見たか、この家の食事を。人参とひじき、それと油揚げのほかはろくな食料がない」

「でもお菓子がある。白米もある」

「ああ。だが、ババアは何も口にしちゃいなかった。あれはそういった食事に興味がないのさ。山姥なんだ」

「山姥？　そんな馬鹿な……」

「いやいや、馬鹿なことは何もないぞ。この家の上にある水晶山には山姥の像が祀《まつ》ってあるらしいのだ。つまりここらには山姥がいたのだ。あのババア、俺を食べる気なのではなかろうか。ほれ、ちょうど、そうだな、『ヘンゼルとグレーテル』の魔女みたいにさ」

「いや、令雄、いくらなんでもそれは考え過ぎというものではなかろうか」

「考え過ぎなんてことはないさ。グレーテルはこき使われてばかりで痩《や》せこけていたが、ヘンゼルは檻《おり》に閉じ込めてご馳走をたらふく食わせられた。何のためだった？　そうさ、食べてしまうためさ」

「……いくらなんでもそれは……だっておさとばあちゃんだよ？」

「おまい、自分の親にあんな粗末な扱いを受けて、よくもまあ〈おさとばあちゃん〉なんて台詞が出てくるな。俺たちの親は俺たちをただの厄介者くらいにしか考えてないじゃないか。さあ、そしてあのババアだ。あれは、そういう俺たちの父親を生んだ女だよ。諸悪の根源で、山姥。俺たち若いものたちはな、ああいった諸悪の根源を徹底的につぶしていかなきゃならんのさ。あんな古臭い思想の年寄りは、社会にとって百害あって一利なしだ」

「令雄、起きる、おさとばあちゃんが起きてしまう」

「起きやしない。耳が遠いのだ。もっと大きい声を出したってきっと何も聞こえない。どんちゃん騒ぎしたって、何の問題もなしだ」

「お父さんたちがそろそろ帰ってくるかも……」

「こないよ。誓ってもいい。俺たち兄妹は捨てられたのさ。ヘンゼルとグレーテルみたいに、このクソババアの家にね」

「帰ってくるよ、お母さんも、お父さんも……」

「おまいはずいぶんと楽観的なんだな。離婚協議にいったい何時間費やす気だ？　あんな喧嘩せいぜい三時間もすりゃ飽きる。いつもそうだろ？　なのに一日経っても戻ってこない。これ確信犯だよ」

「……待つもん……」

へっ、好きにしな、と令雄は言った。

「まあ二、三日様子を見たっていい。おまいがそうしたいってんならな。でも、それで父さんも母さんも現れなきゃ、腹を括《くく》らなきゃならないぜ？　俺たちにはあまり時間が残されてないんだ」

「どういうことであろか？」

「俺がある程度太ったら、そこで俺は食われちまうってことさ。おまいはそのためにいま調理の練習をさせられている。そのうちあるとき突然、背後から俺はババアに殺される。そいで、おまいはその俺を包丁でざくざくばらばらにして、ぐつぐつ煮込まされるのさ」

「……そんなこと、できないよ、私……」

「だろう？　だから腹を括らなきゃならんのさ」

「どうするの？　逃げるの？」

「ただ逃げたってダメさ。俺たちは未成年だ。どこかで警察に捕まってしまえば、ババアのもとに連れ戻されるのが目に見えてる」

「それじゃあ……」

「やるなら道は一つ。豊川の犯人みたいに、世直しをするしかないのだよ……この家に火でも放つとかね。まあ、俺もまだ未成年だし。大した罪には問われまいよ」

へらへらと笑いながら、令雄はマッチを擦《す》った。それは、〈マーメイドホテル〉のマッチだった。いつの間にくすねてきたのやら。

私は不安になる。旅行前から令雄は少年犯罪への憧憬のようなものを感じさせる台詞を口にしていたからだ。

それに十七歳というのは未成年だが分別のつく年齢とされ、少年刑務所でもそれなりに長い刑期を過ごすことになるかも知れない。

「令雄は私が守る。だから心配しないで」

「おまいが俺を？　愚かしいったらないね」

令雄はせせら笑った。でも私は本気だったのだ。何しろ、これは私の命を賭《と》した恋だったのだから。

7

三日目の晩になっても、父と母は戻らなかった。

ほうらな、と令雄は言った。

「さあて、そろそろ腹を括るかなあ。括らなきゃなあ」

令雄はまたマッチを取り出して一本擦り、火をじっと見ていた。

「なあ、火って不思議だなあ。こうして見ていると、今までの人生ぜんぶ嘘だったような気がしてこないか。俺たちは四人で暮らしていたことがあったのだろうか。そのことは、これからの長い人生でどういう意味をもつのであろう？　きっと、何の意味ももちやしない。何一つ、役に立たない年月を過ごしてきただけなのさ。振り返れば、悪がある。この火を放てば、諸悪の根源は……」

私はその火を消した。火が令雄を誘っているように見えて恐ろしかったのだ。おねがい、令雄を誘わないで。令雄に抱きついた。

「おまい、離れろ、うっとうしいわ」

令雄の下半身がゆっくりと膨らんでくるのがわかる。まるで、深海の生物がゆっくりと伸びをするみたいに、突起がむくりと私の股間《こかん》のあたりに当たって、私の中にある小さな突起に刺激を与える。私はおかしくなり、令雄もどうしたらいいのかわからなくて困っているみたいだった。それは、これまでの互いの好奇心とは幾分違ったものだった。何であろうか。私たちは互いの身体の変化に動揺し、その謎の解明にうまく向き合えないうちに、令雄のほうが身体を離したのだった。

「おまい、気持ち悪いのだ」

吐き捨てるような令雄の言葉に、そうかもしれない、と思った。きっと私は気持ち悪い子なのだ。直前まで、私は私の意志ではなくて、股間の小さな突起の意志にすべてを委ねてしまいそうになっていた。その小さな突起がどこかに根っこをもっているとすれば、絶対に私の頭でも心臓でもなくて、きっと胃袋であり、腸と繋がっているはずだった。その突起の刺激は、そもそも空腹ゆえにもたらされたものとも思われた。あたかも、捕食物を手に入れられない代償行為として、突起が刺激を求めたように思えたのだ。

令雄は私に背を向けてしまった。やがて眠ったのか、規則的に肩が揺れ始める。

何とか兄妹のままでいられた。危うく腸の奴らにすべての権限を奪われるところだった。そう、たしかにいまの私は気持ち悪かったし、いまの令雄もやっぱり気持ち悪かった。私は頭のなかに長くて大きなミミズのような生きものを想像する。それは私の大腸と小腸と胃袋との混合体のような何かだ。そいつの尻尾には小さな突起があって、ああ惜しいことをした、と言いながら去っていくのだ。対するもう一匹の生きものは、似た形状だが、尻尾に大きな大きな突起がある。ああ、こいつは令雄の腹にいたやつか、と私は気づく。

そんなことを考えていたら、いても立ってもいられなくなって、むくりと起き上がった。火だ。この生きものの意志を吹き飛ばすには火しかないのではないか、と私は考えた。いや、もしかしたらこの思い付き自体が、すでにあの生きものの意志なのかもしれない。小さな突起を満足させない気なら、せめて火を、と、奴らがそう求めた結果として私は火を、と思っているだけなのか。

何であれ、火だ。めらめらと燃え上がる火が必要だった。やがて、令雄が深い寝息を立て始めた。私は令雄をゆすった。

令雄は目覚めない。そこで、私は令雄をもう一度ゆすってみる。

「何だおまい……うるさいなぁ……もう食べられないよ……」

兄は完全に寝ぼけていた。

また目覚めれば、兄は祖母が自分を食べるのではないかという妄想に駆られることだろう。それは妄想なのか現実なのか。私にはそこの判断はつかない。そういうこともあるかもしれないとも思うし、やっぱり馬鹿げたことにも思われる。おさとばあちゃんが令雄を食べるためにかわいがっているだなんて。だが、たしかにさっきも寝がけに令雄のほっぺにぶちゅっとしながら、祖母は言ったのだ。食べちゃいたいねえほんとうに。私が触れたことのない頬に。

火だ。火だ。火だ火だ火だ火だ火だ。

――さあて、そろそろ腹を括るかなあ。括らなきゃなあ。

腹を括る……その言葉のなかに、すでにさっき想像したミミズみたいな生きものが宿っている気がする。「腹を括る」とは、腹に巣くうあのミミズの決断なのではないか。

グレーテルはよく魔女を突き飛ばす決断ができたなあ。まだ私とそんなに歳の変わらない少女だったろうに。あの勇気はどこから生まれたのか。やっぱりそれは腹の底のミミズもどきの指令か。

私は最近のＪ－ＰＯＰでミミズもどきの指令が、〈愛〉と名付けられたりすることも知っている。けれども、〈愛〉という言葉はいささか語弊がありはしないだろうか。そんな都合のいい言葉で片づけていいわけがない。なぜみんな巨大なミミズを腹に飼いながら、恋だの愛だのときれいな言葉でどうにか済まそうとするのだろうか。

私は土間から灯油を容器にとって持ち出すと、花に水やりをするように祖母の布団にどくどくとかけた。足元のほうだけにしておいたのは、鼻から遠いほうが匂いで気づかれないと思ったからだ。

部屋全体にも撒いた。布団にだけでは殺意を怪しまれる。どうせ私の計画なんてすぐにばれてしまうだろうけれど、子どもが好奇心で火をつけるのと、殺意をもって火をつけるのでは、警察の印象がちがうものではなかろうか。子どもながらにそんなことを考えた。

私の手は震えていた。〈マーメイドホテル〉のマッチを手にもつ。このマッチはかつて父がラブホテルから持ち帰ったマッチ。恐らくそのとき父は母ではない女の人と一緒だったのだ。

諸悪の根源という言葉がよみがえる。あんな不誠実な父を作ってしまったのが、いまここで鼾《いびき》をかいている祖母ならば、その根源を断つのに、このマッチほどふさわしいものもないのではないか。

マッチを擦るときの感触は今でも覚えている。私はかつてない恍惚《こうこつ》とした心境でマッチを擦った。背徳感でもなければ快楽でもない。でもその両方でもあるような、そんな曖昧な心地だった。

炎は、ドレスのように大胆に広がり、一瞬で祖母を火葬した。

こうして——私は放火殺人犯となった。

8

火をつけたあと、すぐに令雄は眠りから覚めたようだった。それというのも、焼け死ぬときの祖母の叫び声が尋常ではなかったからだ。おぎょろげぐらはぁああああみたいな声だった。

「おまい一体何をしたのだ……」

令雄は戸惑ったような声を上げた。私は令雄に逃げてと言った。

「逃げてって……」

「この家には私しかいなかった。それが一番ではなかろうか」

「無茶を言うな。おまい、俺はここにいるのだぞ」

「いいえ、令雄はいないの。お母さんとお父さんを探しに出て行ってるの。ここには私が預けられているだけ。私は一度でいいから火をつけてみたくて、いたずらにマッチを擦ってこんな事件を起こしてしまったの。ほら早く行ってちょうだい」

私に急かされて、令雄はこっそりと勝手口から外に出た。

まだ火は祖母の部屋に留まっている。もう祖母は死んでしまったけれど、火は生きている。徐々に迫ってくる炎のダンスを見ていると、だんだんそれが祖母の悪霊みたいに思えてきた。ゆるさねぇ、おまえさ絶対ゆるさねぇ、と祖母が私を追いかけてきているように見えた。私は家の外に出た。もう外には令雄の姿はなかった。まだ外から見ると、火は目立っていなかった。が、突然バリンと硝子《ガラス》が割れたかと思うと、一気に爆発が起こった。あとからわかったのだが、このとき、台所のガスコンロに火が回ったのだ。一気に家屋全体が燃え盛り始めた。

闇夜の中で、一軒の家がぼうぼうと燃えていた。そうすると闇は濃く感じられ、光は尊く感じられた。私はその闇の一部となった。私が起こした火は、たった数秒で、あまりにも偉大な仕事を果たしてしまった。令雄を救い、私を虐《しいた》げる祖母をこの世から消し去った。

腹を括ったことで、諸悪の根源が消えたのだ。私はミミズもどきにお礼を言った。ありがとう。私ひとりではとてもできなかったことを、ミミズもどきさんのおかげでできたの。それというのも、小さな突起が反応を示したから。これはまったく無関係ではないの。

やがて、近所から人が集まってきて、誰かが私に気づいて大丈夫かと声をかけた。私は犯人には見えないらしかった。そりゃあそうだ。見た目ただの子どもだもの。こういう悪さをはたらくのは、令雄くらいの年頃の少年たちと相場が決まっているのだ。

やがて到着した警察に、私は事情聴取をされることになり、そこではっきりと自白した。警官は本当なのか、と何度も尋ねるので、私はそのたびに本当です、本当です、と言い、しまいにはどのようにやったかまで実演してみせねばならなかった。それでようやく信じてもらえた。ただ殺意だけは否定した。祖母が死ぬなんて思いもよりませんでした、火をつけたらどうなるか知りたかったのです、と。

しかし、あとあと予期せぬ事態が起こった。焼け跡から、なんと二体の焼死体が発見されたのだ。一体は祖母の、もう一体は、どうやら成人男性の死体であるらしかった。

9

納屋で死んでいた男は何者なのかと、警官は何度も私に尋ねた。むしろ、その男を殺すために火をつけたのではないか、とさえ疑念を抱いているようだった。私は何度も知らない、納屋になんか入ったこともない、と言った。警官たちは、そもそも私がいつ頃、どうして祖母の家に流れ着いたのかに興味をもっていた。私が幼く頼りなく見えたせいだろう。

「夏休みに大好きなおばあちゃんの家で過ごしたいと駄々をこねて家族に連れてきてもらったのです」

警察が連絡を取った時には家族は皆帰宅していたらしかった。令雄が無事に父母に合流できたと知って私は心底安堵《あんど》した。だが、父母が離婚協議のあと、祖母の家には来ずに自宅へ戻っていたのは何故なのか？　忘れてしまった？　それとも、令雄が言ったように、私たちを祖母のもとに預ける気だったのであろうか。

「ご両親がお気の毒だよ。まさか娘が、自分たちの親を殺してしまうだなんてね……むごい話だ」

むごい話なんだろうか。私にはよくわからなかった。

「とにかく、しっかり更生するんだね」

私はその言葉をぼんやり天井のしみを見ながら聞いていた。令雄はどうしているのであろうか。それればかり考えていた。

その一週間後、令雄が面会に現れた。

「あれから引っ越してね、今は新しい家にいる」

「新しい家？」

「ああ。家の周りにマスコミがやってきたから、近所迷惑になるって言って、すぐに東京に引っ越したのだ。おまいのせいだな」

「ごめん……でも令雄、無事にお父さんたちに会えたんだね」

「ためしに自宅に電話をかけたら、もう戻ってたから、夜行列車で俺も戻ったよ。忘れ物をとりに引き返していたらしい」

忘れ物……それは何だろうか？　あなたたちの忘れ物は私ではないのだろうか。ほかにどんな忘れ物があるの。でも心は穏やかだった。四方を囲む壁は冷たいが、私の存在を脅かすものは何一つない。

「父さんたちは、おまいに会いたくないそうだ」

あまりに正直に報告してくれるので、思わず笑ってしまった。

「俺は何度か一緒に行こうと誘ったのだがね。二人とも、もうおまいは娘でも何でもない、の一点張りでね。でも大丈夫。俺はおまいを家族だと思ってるよ。こうなった責任は俺にある……そう遠くない未来に、いつかおまいを迎えに行かなきゃってことを、事件の直後から考えていた。だからこそ、健康でいられれば、その約束を守れるかどうかの節目を、見届けることができる可能性のある男であると思っている」

私には、瞬時には意味の取れぬ日本語だった。きょとんとした私を後目《しりめ》に、令雄はその場をまとめにかかった。

「とにかく大人しくしているのだぞ。いいな？」

「うん、わかった……ねえ令雄。私、令雄が大好き」

「その気持ちはしっかりと受け止めておく」

令雄は照れたのか、眉間に皺を寄せながら笑った。たった一週間で、ずいぶん令雄は大人びて見えた。

10

その後、保護処分となり送り込まれた児童自立支援施設に兄や父母が訪れることは、結局一度たりともなかった。私は自宅宛てに会いたいと手紙を出したが、それらはすぐに返送されてきた。住所が違っていたのだ。令雄が新しい家に移ったと言っていたのを思い出したが、あとの祭りだった。

私は令雄の言葉を信じて待つことにした。だが、あの言葉を反芻《はんすう》すればするほど、言葉の迷路にはまり込んだ。

――そう遠くない未来に、いつかおまいを迎えに行かなきゃってことを、事件の直後から考えていた。

迎えに来てくれる、とは一言も約束されてはいない。だが、「約束を守れるかどうかの節目を、見届けることができる可能性のある男」ではあるらしい。私はそれを好意的に解釈することにした。兄は約束したのだ、と。

長い長い時間が流れた。しかし、にも拘らず結局、納屋の男性遺体については身元不明のままだった。ただ、近所の人たちの証言で、祖母が年甲斐もなく旅人をたぶらかすことがあったから、旅人の誰かが納屋を寝床に貸してもらっていた可能性はあるという話だった。

そんな縁もゆかりもない男のために、私の保護観察期間が延びたのだと思うと不条理なような、そうでもないような妙な感じだった。私の観察期間が長くなる材料はこれでもかというくらい用意されていた。祖母の布団の燃え方がいちばん強く、ここが着火の起点であることを殺意のあった根拠とされ、祖母が近所の人々に「孫が来ている。自分の若い頃にそっくりのかわいい娘が来てくれて嬉しい」と話していたことなどがわかり、祖母に虐げられていたという私の話は聞いてもらえなかった。幸いなことと言えば、近所の人に祖母が兄のことは何も話していなかったということだ。

祖母は、本当に私がかわいかったのだろうか？　血もつながっていないのに？

だとしたら、私は本当の自分の味方を殺してしまったことになる。私は何日も祖母の最後の日の表情や、おぎょろげぐらはぁあああという叫び声なんかを思い出しながら過ごした。その苦しみは施設退所後も続いた。私は令雄の考えるような「殺してもいい命」なんてどこにもないのだという当たり前の事実を苦悩の中で理解していった。

施設にいた間、父母や兄が面会に来なかった理由についてはもう何も考えなくなっていたが、退所した日はさすがに門の周辺に令雄が隠れていないか探してしまった。迎えに来てくれる約束だったから。

期待が外れた私は、持って行き場のない愛情を抱えたまま、気が付くと昔、四人で暮らしていたあの家へ向かっていた。そこがもぬけの殻であることはわかっていたが、もちろん無意味な郷愁からこんな行動に出たわけではなかった。新たな住所を知らない以上、私にはその場所しか足掛かりがないのだ。

かつて住んでいた一軒家は、記憶のイメージよりもずっと小さかった。こんな小さな家に、四人で肩を寄せ合って暮らしていたのか、といささか驚いたほどだ。私は近所の人々に聞き込みをして回ったが、誰も一家がその後どこへ引っ越したのかは知らなかった。

私はひとまず施設職員に保証人になってもらい、アパートを契約した。コンビニバイトをしながら、バイクの免許も取得した。なにはともあれ、学歴のない私が、それでも一人前に稼《かせ》いでいける環境を整えねばならなかった。そうして二十歳を迎えた。日常に埋没してしまったわけではない。私はつねに家族を探す方法を模索していた。

土地が分からなければ、人を足掛かりにするしかない。その意味で政治学を専門にしていた父親は、その世界ではそこそこ有名だったらしく、もっとも足掛かりになりやすかった。ただし、著作は現在まで一冊しか出していなかった。私は手始めにその唯一の著書『政治話法辞典』の裏に載っているプロフィールをもとに文明《ぶんめい》大学政治学部に電話をかけた。だが、その電話は現在使用されていなかった。インターネットで調べてみると、どうもリーマンショックで運用に失敗した文明大学は破産手続をすることになり、校舎は自衛隊に買い取られたという話だった。

だが、かつて文明大学に勤めていた同じ政治学の教授（現在は中洋《ちゅうよう》大学に勤務）とコンタクトをとることに成功した。彼によれば、平成昭夫という名の助教授は八年近く前にはすでに大学を辞めていた、という話だった。

八年といったら、私が児童自立支援施設に入ってすぐだ。その頃の父と親しかった教授はいないかと問うと、大学破産以降は、当時の教授はみんなべつの大学に勤務していて自分は把握していない、と言われた。

私は目線を大学以外に向ける必要を感じた。手がかりは、たった一冊の著作『政治話法辞典』。その版元「そるふぁ出版」に電話をかけてみることにした。

長らく待たせた後で、はい編集部でーす、と寝不足のような声で編集者が電話口に出た。『政治話法辞典』の編集者に代わってほしいと伝えると、いつ頃の著作か、とか著者は誰かとかあれこれ聞かれた後、少々お待ちください、と言って音楽が流れた。

かなり長いあいだ保留音が流れた後で、無愛想な男が電話口に出た。やたら早口なうえに、滑《かつ》舌《ぜつ》がわるいので、私は何度も聞き返さなければならなかった。その男によると、編集者は営業部に異動しており、この電話もわざわざ営業部に転送されているようだった。

「ああ、あの売れなかった本の……いやはや、娘さんですか。あれですよね、たしか放火されたんでしたっけ？　なるほど、もう社会復帰されたんですか、そうですかそうですか」

ずけずけと聞いてくるが、悪意は感じない。職業柄、何でも頭に浮かんだことは言葉にしなければ気が済まないタイプのようだった。それがあまり口にすべきでないことかどうかというのを考えるのは、帰宅して風呂にでも入る頃なのかも知れない。

「本は売れないと次の話ができないんですよ。あの本は売れませんでしたから、それきりでしたね。コンタクトも取っていません。大学を訪ねたほうがいいですよ」

「もう連絡してみました。父は八年前に辞めてしまったそうです」

「あ、そうか……たしか数年前に同じ大学の教授さんと仕事したときにそんな話を聞きましたね」

「その教授さんの連絡先を教えていただけませんか？」

「もう死んでますよ？」

二の句が継げなくなった。せっかく次の一手になると思ったのに、死んでいるとは。こうなったら、政治学部のある大学に片っ端から電話をかけて教授を呼び出して父を知らないか調査するか。だがこれは途方もない作業になりそうだ。そんなことを考えていると、編集者が不意にこんなことを言いだした。

「思い出しましたよ……その教授がまだご存命だった頃ね、少しばかりお父さんの話をしたんですよ。退職後はなんでも日本の学会には残らなかったようです。残れなかったというべきか……会費未納による自動退会だそうです。教授の世界では珍しくないんですよ」

「そうなんですか……」

「教授職なんて、その大学をクビになったら無職です。コネでべつの大学に雇われないかぎり、学問の世界から消えざるを得ない。そうなれば、会費を払う理由はありませんからね。実際、政治学部界隈でその後昭夫さんを目撃された方はいらっしゃらないんじゃないかなぁ……これは確かな話じゃないんですがね、その時に彼が言ってたんですよ。もしかしたら、カンボジアに渡航したんじゃないかって」

「……なぜそう思われるんですか？」

「昭夫さんはクメール語を専攻していたらしいんですよ。クメール語はカンボジアの公用語です。あそこは民主政治が始まったのが九〇年代に入ってからですからね、日本の政治学の知識があれば再就職は簡単だ、というのが口癖だったようです」

〈カンボジア〉という単語は、当時よく父からも聞かれたことを思い出す。

「まあカンボジアもいまや見違えるように発展しましたが、八年前ならお父さんにも活躍の場はあったんでしょうね」

ありがとうございます、と言って私は電話を切った。

預金口座を確かめるまでもない。いまの私にカンボジアまで父母を探しにいく時間も金もありはしない。途方に暮れたりはしなかったが、次の一手が簡単に見当たらないのも確かだった。どうやって探したらいいのだろう？　父や母から辿《たど》る道はここで閉ざされた。となると令雄か。だが、平成令雄という名で検索をかけても、インターネットでは何の情報も出てこない。兄が通っていた高校にかけても個人情報がどうとかで何も教えてもらえない。私が子どもの頃とは何もかも事情が変わってしまっているのだ。

兄の友だちについてはあまりに記憶が朧《おぼろ》だった。誰かひとりでも覚えていればよかったが、何しろ五つも歳が離れていると、雲の上の世界にも等しかった。

それでも方々に手を尽くしたが、そうこうするうちに貯金が底をついてしまった。同時にバイトしていたコンビニが閉店することになり、私は次の職を探さなければならなくなった。だが、この国では児童自立支援施設にいたような者にはそう簡単に次の就職先は見つからない。

東日本大震災が起こった三月の末、私はとにかく自動車学校に意識を集中させた。世間は「がんばろう」をスローガンにしていたが、私自身は無心だった。震度ゼロの地点で、まず自分自身の足場を揺るがせないことだけを考えていた。

車の免許をとるのは誰でもできるだろうが、車の性能をいち早く把握し、その車に最適な乗り方ができる人間は、そう多くはないかも知れない。まずは車と一体化できる能力を身に付けようと私は考えた。夏になると、きゃりーぱみゅぱみゅという奇妙なアーティストの曲をよく聴くようになった。打ち込み中心なところは、ラヴ・サイケデリコとささやかに共通しているが、それくらいだ。うぇいうぇいぽんぽんと歌いながら、私はひたすらスキル習得に躍起になっていた。

車庫入れの時になるべくミラーを頼らず、空間把握能力を信頼してみることにした。ときには目を閉じて車庫入れを行なったりもした。道路を走る時、カーブを曲がる時も同じ。対向車との距離感も、追い抜く時も、できるだけ自分が車を操作しているのではなく、車そのものであるという感覚を大事にすることにした。

一年後、手始めに私はディーラーの整備士に就き、そこで車の出し入れを毎日行なった。納車用の車を県境で受け取ってそこから走って客の家に届けたり、試乗に訪れた人々に快適な走行を体験させたりした。私は朝から晩まで車のことを考えて過ごした。はじめは整備士だったが、三年もすると、営業職に向いているのではないかと言われ、車を売る役割を担った。車の性能を知り抜いているので、客に売りのポイントを解説するのも難しいことではなかった。ホンダや日産、トヨタの同系統の車の比較解説なら、右に出る者はいない。営業を始めてから一年がたったある日、社長は言った。

「君はレーサーにでもなれるんじゃないのか?」

残念ながらレーサーは無理だと思われた。脚光を浴びる舞台に立つには、私の経歴には傷がある。だが、自動車と一体となるという意味では理想形ではあった。私と私の腹に棲《す》むミミズもどきの関係にも近い。ミミズもどきは私という人間を操縦する。ミミズもどきの決定が、私の決定。私は何だって腹で決めるのだから。

だからこそ私は一日中車を運転していさえすればいい職業に就けるのなら、こんなうれしいことはないだろう、と思った。金銭的にはいまの営業職に満足しているが、私の天職はやはりドライバーなのだろう。

プライベートでも車を持ち、真夜中に運転するようになったその年の夏に、事件は起こった。相模原《さがみはら》障碍《しょうがい》者施設殺傷事件。私はようやく手に入れた日産のマーチでラヴ・サイケデリコのベストアルバムを三回聴いたところでラジオに切り替え、そのニュースを耳にした。

知的障碍者施設で大量殺人が行なわれたその事件は、私にその昔の豊川で起きた老主婦殺人事件を思い出させた。二つの事件に共通しているのは、殺してもいい命があり、それを一掃することがむしろ社会貢献であるという愚かすぎる発想だった。

そのニュースはしぜんと私に令雄のことを考えさせた。

豊川の少年の事件に憧憬に似た感情を令雄は抱き、私を殺してみようかな、とさえ口にした。

だが、その後でこうも続けた。

――俺はもっともっと悪いのだ。もっともっと莫大な数の物質を生み出したいのだよ。

物質と彼が呼んだのは、死体のこと。膨大な量の死体を生み出したいと願った少年は、いまどこで何をしているのであろうか？　今の自分なら、話に相槌を打つだけでなく、考えを改めさせようと努められるのに。

私は改めてしっかり令雄がどんな未来を選んだのか想像してみたくなった。時代は一時の民主党政権を終え、ふたたび自民・公明連立による長期政権が続いているさなかだった。この国は誠実ながら泡食った対応で心が乱されるよりも、不誠実な嘘で騙《だま》されるほうが心穏やかでいられるらしかった。

この日本のぬるま湯のどこかに令雄がいる。

大量死を欲した男が。

それからふと、母のことを考えてしまった。母がなぜ父と毎日のように喧嘩をしながら離婚をしなかったのか。その理由が、現政権のぬるま湯に浸かる国民を見ていて、得心がいった。誰も真実なんか欲してはいないのだ。適当な嘘であしらい、真実に手を触れさせまいとのらりくらりやり過ごす者を欲している。

バカらしいけれども、人間とはそういうものなのかも知れない。

私はこれまでも、テレビの特番で「バカ殿」が放映されるたびに、その白塗りの顔を見て破顔していた父母のことを思い出してきた。あの瞬間だけは父母も仲が良く、兄も意地悪をしなかった。とても短い時間だけれど、そこにだけ真実があったと考えたくなる。私たちはいい家族だったんだ、また出会えば感動の対面を果たし、分かり合えるのだ、と。

相模原のニュースを聞いたこの日以来、私は令雄への気持ちをまた急速に募らせていくことになったのだった。

11

しかし結局、気持ちが焦るばかりで、令雄に関する手がかりは何もつかめないまま、二〇一九年を迎えた。その日、営業の外回りから事務所に戻ると、テレビのワイドショーで「次代の霞《かすみ》が関《せき》を担う男性最年少大臣誕生」という特集が組まれていたのが目に留まった。霞が関がどういう場所かくらいの知識はあった。日本の政治の中心部。日々さまざまな思惑を持って跋扈《ばっこ》する妖怪の集まる場所。その怪しげな世界に、最年少の大臣が誕生したらしい。

画面に映し出されたのは、紺色のスーツを着こなし、ノーネクタイの白シャツ姿でさわやかに白い歯を見せて笑う好青年だった。

大澄清次《おおずみせいじ》、と名前が表示される。その名に見覚えはなかったが、私の臓腑が激しく反応していた。ミミズもどきが騒ぎ出す。その理由が、すぐには私にはわからなかった。

解説によれば、大澄清次はトートロジーを駆使した話法でＳＮＳ界隈でも有名だという話だった。その話法は、無意味でもあり、詩的でもあると評され「政治話法を駆使する新たなヒーロー」と持て囃《はや》されているらしかった。

その政治話法の例が面白かった。

——●●法案についてどう思うか、ということを、私は五年前から考え続けてきた。そして、今後もこの法案について考え続けていく人間であり続けたいと思っている。

これは数年前に清次自身が関わった●●法案が間違っているのではないか、という指摘に対しての返答だった。この回答はあまりの珍回答ではあったが、従来の人気もあって、かえって話題になったらしい。ほかにもたくさんのトートロジー話法が紹介された。この不誠実ぶりをなぜ一国民である司会者たちが笑いながら紹介できるのかが不思議だった。

だが、そんなことよりも、私はその清次という男の相貌にひどく惹《ひ》きつけられていた。いい男だったからではない。それが、どうみても、兄の令雄だったからだ。番組の最後には私にとって驚きの情報が添えられた。

「来月には、大澄大臣は元ニュースキャスターの隅《すみ》田《だ》川《がわ》純《すみ》佳《か》さんと結婚する予定となっています。ベビーもすでにお腹のなかということですから、楽しみですね！」

脳内に血液が集まってくる。そして、腹の底から言いようのない酸が込み上げてくるのを感じた。父譲りの政治話法をもった男が、テレビの液晶画面の中から、さわやかに私に笑いかけた。

その日以来、私はしばらくの間、大澄清次についての情報を集めてまわった。わかっているのは、彼がカンボジアのトンレサップ大学を卒業していること。また、政治家になりたての頃のインタビューに興味深いものがあった。

——ご両親も政治家になった清次さんを見てお喜びなんじゃないでしょうか。

インタビュアーの質問に、清次は次のように答えている。

「生きていれば喜んでくれたでしょうね。生憎《あいにく》父母は二〇〇九年にカンボジアのラタナキリ州で起こった洪水で命を落としました」

父も母も、もうこの世にはいないのか。その事実への落胆よりも、むしろ私はこの時の彼の表情を見ているうちに、過去のさまざまなことへの道筋が急速にはっきり見えたことに感動を抑えきれずにいた。そうか、そういうことか。真相がぴたりと、腹に落ちた。

私は即座に退職届を出すと、再就職先を探した。釣り人が慎重に魚が食いつくのを待つように、私は就職活動に時間を費やした。そうして、とうとう念願の職を見つけた。ゴールドクラスの資産家専属ドライバーというのがそれだ。今では私の計画はすべて頭の中にあった。

やがて――現在の雇い主が現れて後部シートに乗り込んだ。

「葵さん、車を出してくれ。今日はいい天気だね」

さわやかに雇い主は笑いかけた。

私は口元で微笑み返した。彼の前ではいつも目深に帽子をかぶり、濃いサングラスをかけるようにしている。

「かしこまりました。今日は、山形に出張とお聞きしております」

「表向きはね。山形県の水晶山の麓まで頼むよ。じつを言えば、ただのお墓参りさ」

「どなたがお眠りになられているのですか？」

「祖母だよ。昔、火災で亡くなったんだ」

「さようでございますか……そう言えば、あの地域は山姥の伝承があるのでしたでしょうか……

人の命が消えるのは悲しいことですが、そのお陰で救われる命があるのもきっと本当なのでしょうね」

その言葉に、何かを読み取ったようだった。言い過ぎただろか、とも思ったが、私は後悔はしていなかった。

雇い主は、じっとミラー越しに私の様子を窺っていた。

私は、いまや私と一体化しているベンツのエンジンをかける。

「では出発しましょう。久々の帰省を存分にご堪能いただけるよう努力します」

もはや、雇い主は一言も返さなかった。ただ、恐怖とも驚愕《きょうがく》ともつかぬ灰色の顔つきで、私を見ているだけだった。そんな顔をしなくても、私は自分の存在を名乗ったりはしないのに。たとえあなたが、私を騙したひどい男だとしても——。

あの日——兄はマッチを擦りながら「世直しをするしかないのだよ」とは言ったが、火を放つと宣言はしなかった。勝手に「忖度《そんたく》」したのは私なのだ。その前に、少年犯罪に憧れているようなことを言い続けていたのも、いまとなれば策略だったのだろう。

それだけではない。もっと前の段階から、すべては仕組まれていたのに違いない。たとえば、あの納屋にあった成人男性死体——。

あれは父が地元で借金取りの男を殺してしまったのだろう。それでトランクに死体を詰め込み、急遽《きゅうきょ》、旅行を決めた。台所で夫婦喧嘩を始めたのにすぐ収まったのはことが大き過ぎたせいだ。やがて母は結託して父の計画どおり死体を処理するべく祖母の家に向かうことに同意する。

だが、いくら田舎《いなか》へ向かったって簡単には遺体処理はできない。それで、自分たちのアリバイを確保するために計画に令雄を加えることを思いつく。父は旅行前、令雄を台所に呼び出して命じたに違いない。自分たちは祖母の家には入らず立ち去るから、黙って火を放て、と。令雄は車のトランクに借金取りの死体があったことまでは知らなかっただろう。その死体が、こっそり祖母の家の納屋に移されたことも。

だが、将来の野望に満ちていた兄は言われたとおりに放火を実行して自分の人生を台無しにしたくはなかった。そこで兄は、自分よりさらに若い私に目をつけた。私が令雄を好きなことを知っていたのだ。その期待どおりに、私は令雄に代わって火を放ち、我が家の借金先を減らした。借金が減ったことで、東京へ引っ越した後、兄は大学に行くことができたが、犯罪者の妹も、毒親たちも邪魔だったのだろう。恐らく、令雄は海外で自然災害に乗じて体よく父母を始末したに違いない。そうして、単身日本に戻って改名し、政治活動を始めたわけだ。

武器はルックスと政治学者の父仕込みによる政治話法。令雄の話しぶりはいつだってあの最少大臣、大澄清次が駆使するトートロジーだった。私に面会に来た時にした約束のふりをした言い回しだって、いや、それ以外だって、すべてが内容のない、同じことをべつの言い方で繰り返すだけの誤魔化しの連続だった。

「そう言えば、武漢で新たなウィルスが発見されたそうですね。日本にまで入って来ないといいのですが……」

「心配することはないよ」

言葉少なに、雇い主は答えた。だが、もうその返答から上の空だった。私は続けた。

「どうなんでしょうね。最近は人工的にウィルスを作るなんてこともできるそうですね。昔、私の兄が言っていたのです。『俺ならば、老人の免疫を弱らせるようなウィルスを撒く手を使うね。世の中、何でも費用対効果さ。たった一人の老婆を殺して少年刑務所で過ごすのではわりに合わない』――ひどい兄でございましょう？」

雇い主は長い沈黙を挟んだ。

「あら、もちろん兄は冗談で言ったのです。きっと彼ならそんなやり方よりも実際にはもっとあくどい方法を使うことでしょう。たとえば、この国の憲法を戦争可能なものにして正義の名のもとに敵国で大量死を実現する、とか。武漢のウィルスなんて、兄の足元にも及びません。

でもひどい兄ですけれど、そのほっぺときたら柔らかでとても美味しそうなのです。私はあの頬だけは他の誰にも食べられたくないと、ずっと思って参ったのです。あのほっぺだけは、と。

ご主人様の色つやのいいほっぺを見ていたら、何だか兄のことを思い出してしまいました……あ、ヘンな話をしてしまって申し訳ありません。それではいざ、水晶山へ」

ベンツはゆっくり邸宅のゲートを抜けた。令和最初で最後の、私たちの旅が始まる。一回こっきりの旅が。それは同時に、私の長い長い執着の旅の終わりでもあり、あのミミズもどきの旅の終わりでもあるのだ。

雇い主はさっきから人形みたいに動かなくなっている。あのよく動く舌でトートロジーの話法を駆使することすら思いつかないようだ。

私はＣＤをかける。久しぶりの「Your Song」。それから、心のなかでそっと告げる。

ねえヘンゼル、喜んでくれているであろうか？

グレーテルが、いま帰りましたよ。

Voyage

シャカシャカ

#06 Shaka-Shaka

Muneo Ishikawa

石川宗生

XX-XX-XXXX

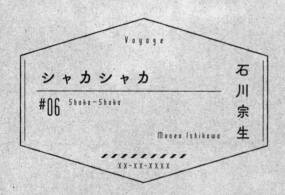

4. シンガポール

シャカシャカがはじまったあと、初めて家にやってきた外国人はリーだった。リー・ジアイー。シンガポール人だと言っていた。頬《ほお》を覆う黒ヒゲと毛虫みたいな太い眉。眼窩《がんか》は落ちくぼんでいたしうっすら白髪交じりだったけど、なんとはなしにまだ年若そうな気がした。

玄関口で応対したおかあさんは英語をほとんど話せなかったけどハウスだとかステイの単語を聞き拾い、今晩の寝床を求めているのだろうと判断して家に入れてやった。

そのときぼくらは蠟燭《ろうそく》の灯った居間で食事をしていた。ぼくとおねえちゃん、おじいちゃんとおばあちゃん。食卓に並んでいたのは蠟燭の灯火ぐらい弱々しいごはん、黒ずんだバナナのスライスと数枚のビスケットにドライ・ドッグフード。

おかあさんがリーに小声で漏らす。「アワー・リトル・ディナー」

「オー、ディナー」

彼はにっと微笑《ほほえ》み、「ヘルプ、ヘルプ」と大きなバックパックを背中からおろして食べものを取り出した。英語ラベルの鰯《いわし》の缶詰とオリーブの瓶詰め。中国語やアラビア語表記のスナック菓子まで。そうしてからこちのフランスパンを小ぶりのナイフで人数分切り分ける。

おかあさんは日に何度も台所の戸棚を開けて食料の残りを勘定していたぐらいだったから、リーの贈り物に諸手を挙げて喜んだ。仏頂面だったおじいちゃんも顔を綻《ほころ》ばせ、毎晩ちびちび大切に飲んでいた日本酒をグラスに注いであげる。ね、知ってる、これ？　ジャパニーズ・サケ。ドリーンク。がっはっ、なんて豪快に笑いながら、シンガポール、長旅だったろうねぇ、いや今だったら近いのかなぁ、とリーの英語を理解しているふうな口吻《くちぶり》で、しかしあくまで日本語で。つられたのか、おねえちゃんも知っている数少ない英単語で、ただし出鱈目《でたらめ》な言葉まじりで合いの手を入れる。「イエス、グッド、ナイス、ソワカソワカ」

するとリーも繰り返す。「ソワカソワカ」

「シャカシャカ」

「シャカシャカシャカ」

ふたりは見つめ合ったのち、氷が砕けるみたいににこりと笑う。

唯一、おばあちゃんだけが無言だった。冷めた目でリーのことを見やるだけで、そそくさとドッグフードを嚙《か》み砕き水で流し込む。オリーブを一粒口に含んだと思いきや、突然ペッと吐き出し、「こんなもん口に合わんよ」と言う。悪いけどあたしは早いとこ寝るよ、お願いだからあんたがたももう寝てくれよ、あんたらが寝ないなら台所で寝るよ、え、どうなんだい。ぺっ、ぺっ、と何十粒と吐き続けるような口調で。

おじいちゃんの顔がたちまち真っ赤になる。薄暗い室内でもはっきり分かるぐらいに。けれどもおばあちゃんには何も言わず、リーを振り返って、悪いね、すまん、すまんと繰り返す。ま、続きはあっちでやりましょうよ。

それからおじいちゃんとおかあさんとリーは台所に移り、ぼくとおねえちゃんとおばあちゃんは居間で布団に潜った。おばあちゃんのいびきを透かして笑い声が響きわたり、しばらくのち扉が開いて、アルコールのにおいにくるまれたおじいちゃんがどっと布団に倒れ込んでくる。

明くる日の朝、台所を覗《のぞ》くとからっぽになっていた。戸棚も、寝床も。リーも、おかあさんも。みんなからっぽだった。

2. イエメン、カザフスタン、ミャンマー

シャカシャカは数日起きないこともあれば、数時間、数十分ごとに立て続けに起こることもある。そんな気まぐれに引き裂かれてしまわないように、ぼくらはできるだけ居間に固まっている。

そしてじっさいに家がガタガタ揺れ、シャカシャカがはじまると、ぼくらは居間の真ん中できゅっと輪になる。おかあさんがぼくとおねえちゃんを抱き寄せ、輪はもっと縮まる。着っぱなしの群青色のトレーナー、その腋《わき》にもっと小さな輪がある。黄みがかった汗染み。鼻をくすぐる甘酸っぱいにおい。

かぎりなく狭まった輪のなかでぼくとおねえちゃんはささやきを交換する。

「クロアチア？」

「ザンビア」

「ハノイ」

「テオティワカン？」

「プリトヴィッツェ湖群国立公園」

「グエル公園がいいな」

そのうちにおかあさんが背中をとん、とん、とんと叩いてくる。「まだ、まだ、まだ」と諭すかのように。ぼくとおねえちゃんは口しか動かしていないのに。

かたわらではおじいちゃんが囲碁でも長考しているように正座でじっとしている。またそのかたわらでは、おばあちゃんが数珠《じゅず》をじゃりじゃり擂《す》りながら遮二無二唱えている。ノウマクサマンダボダナンランラクソワカ。ノウマクサマンダボダナンランラクソワカ。ノウマクサマンダボダナンランラクソワカ。

ソワカソワカソワカ。

「ソワカソワカ」

「ソワカソワカソワカ」

ソワカの渦にぼくとおねえちゃんが呑まれ、背中にまわっていたおかあさんの手の力がだんだん緩んでいく。しゅるるっとひとつ、またひとつと輪が解かれて、シャカシャカが終わったのを確かめたあと、窓辺で四方の景色の答え合わせをする。

鬱蒼《うっそう》と茂ったブナの原生林。その向こうに覗く黄金色のストゥーパ。そのまた向こうに広がる肥沃な田園。ほこりっぽい細い道。潮っぽい干上がった沼。そびえるマーブル模様の地層の断崖。

「正解は?」と訊《き》くと、おねえちゃんがちいさくかぶりを振る。「イエメン、カザフスタン?それに、ヤンゴン?」

1. ウズベキスタン

シャカシャカが始まったのは元号が令和に変わった日だった。因果関係はたぶんないと思うけど、確かなことはなにも言えない。水道ガス電気もなくなって、電話もインターネットも通じなくなって確認する術《すべ》すらないから。

はじめは、家が大きく揺れ動いていたから地震か何かだと思った。けど、防災グッズを背負って外に飛び出したら、すぐに違うことが分かった。門扉と道路が忽然《こつぜん》と消失していたのだ。となりの石井《いしい》さんと井上《いのうえ》さんの家も。飼い犬のリオも、犬小屋ごと。

かわりに家を取り囲んでいたのは四つの景色だ。シラカバの森。赤銅色の荒野。河川敷みたいな砂利だらけの湿っぽい土地。中空で途切れた坂道。

地球上の場所が細切れにシャッフルされているのかもしれないと思ったのは、シャカシャカが幾度となく繰り返されるうちに、ときおり異国情緒あふれるものが目に付くようになったからだ。タガログ語っぽいにょろにょろ文字の看板。苔むした十字架の墓石。ユルタめいた白布のテントの潰れたあと。

　極めつけは、真っ二つになった塔が出現したことだった。高さ四〇メートルほど、土色の壁面に細やかな文様が彫られている。シャカシャカは空間ごと刈り取るので、いろんなものが切断された状態で発見される。三分の一の桶《おけ》。四分の一のセダン。五分の一の七分袖シャツと、そんな具合に。

　塔を前に、おかあさんがテレビで見たことがあるような気がする、と言ったので、ぼくとおねえちゃんはおとうさんの旅行ガイドブックを片っ端から調べた。おとうさんは若い頃にバックパックひとつでいろんな国を渡り歩いたそうで、自室の本棚には各国のガイドブックがずらりと並んでいる。

　うち一冊、ウズベキスタンのガイドブックにそれは載っていた。ブハラという都市にあるカラーン・ミナレット。模様も彩色もうり二つだ。

「実物じゃなくて、たまたま似たものがなんらかの理由で復元されたなんて話もありそうだけど」とおねえちゃんはなぜか得意げに言う。

　ちなみにシャカシャカはぼくとおねえちゃんがそう呼んでいるのであって、おじいちゃんは「あれ」だとか「あいつ」だとか罵るように言う。おかあさんやおばあちゃんは「起こったの」「来たね」などと主語を抜いて話す。

　おとうさんは分からない。はじめてシャカシャカが起きた時刻は会社にいたはずだから、まだ帰宅途中なのだ。

8．アメリカ

まれにアメリカが家を訪ねてくるけど、おかあさんの失踪の件があってからおばあちゃんがことごとく追い払っている。

「あんたらにやる飯なんてないんだよ。とっとと帰っておくれ！」

英語で話しかけられてもやはり日本語で悪態をつく。玄関口で粘られる場合は懐に忍ばせておいた包丁さえ取り出す。

「さっさと帰らないと刺すよ！」

怒声が響きわたるや、ぼくとおねえちゃんもすかさず駆けつける。「悪魔！」「くそったれ！」「誘拐魔！」「売女《ばいた》の息子！」ここぞとばかりに英語の実践練習をして、ときに石を投げる。

だいたいのアメリカは脱兎のごとくほかの空間に逃げていく。「このクソばばあ！」「腐れアジア人どもめ！」などと捨て台詞を吐きながら。こういうとき、おばあちゃんが英語を理解できなくて良かったとつくづく思う。ときにはおねえちゃんさえ理解できない罵詈雑言もぶつけられるのだ。

ちなみにぼくらが抱いていた外国のイメージがアメリカだったので、外国人全般をアメリカと呼んでいる。

けれど悪言だけでは英語の勉強にならないし、外の世界の事情も知りたいから、しばらくしてぼくらは方針転換をした。おばあちゃんを説得するのは無駄だと思ったので、おばあちゃんに追い払われたアメリカがほかの空間に逃げていくところを話しかけるのだ。

「さっきはごめんなさい。おばあちゃんは恐がりだから、ついあんな態度を取ってしまったんです。それに前、訪問者にひどいことをされたこともあって」

おねえちゃんがそう言うと、大抵のアメリカは機嫌をなおす。「あんなおばあちゃんがいて、君たちも大変だね」だなんて。

ぼくらは物置小屋や家の裏などおばあちゃんの目の届かないところで話をする。

あるアメリカは言う。「一度、遠くのほうで飛行機が墜落するのを見たことがあるんだ。燃料でも尽きたのかもな。空から見たら、地球はいまどんなふうに見えるんだろうな」

あるアメリカは言う。「あんたたち、人に話しかけるときは気をつけなさいよ。わたしみたいに良い人ばかりじゃないんだから。平気で食べものを略奪する人もいるの。あんたたちのおばあちゃんは正しい姿勢を取っているとも言えるのよ」

あるアメリカは言う。「ぼくはある意味幸運だったよ。ちょうどモールからの帰り道でどっさり食料を買い込んでたから。ここに来るまでにたくさんの死者を見たよ。だいたい飢えて死んでいた。難破船みたいで、固まって死んでることが多いんだ」

あるアメリカは言う。「みんないかれちまってる。自分自身を、ドッペルゲンガーを見ただなんてやつもいるんだ。もう訳が分からねぇ」

アメリカたちはおしゃべり好きだ。たぶんいつだって話し相手を探している。

アメリカたちは旅行ガイドブックで紹介されているような旅人のなりをしている。ジーンズや運動靴だとかのラフな恰好、バックパックやリュックサックを担いでいる。

アメリカたちは家を探して旅をしていることが多い。もしくは人を探している。どんなに望み薄でも。

アメリカたちはシャカシャカの、そして自分たちの行き着く先については進んで言及しようとしない。

最後におねえちゃんはごはんに困っていることを切実に訴える。ほとんどは自分もおなじだと苦笑まじりに言うだけだけど、なかには食べものを恵んでくれる人もいる。エネルギーバー半分でも、チョコレートひとかけらでも、ぼくらは心底うれしい。

「バイバイ、くそったれ！　二度と来んな、くたばっちまえ！」

アメリカの去り際、おねえちゃんは満面の笑みとともに日本語で叫ぶ。

6．タイ

自分用にとっておいたカンパンやクッキーがなくなり、庭になっていたフェイジョアの実をかじる。落ちていた腐りかけのレモンを食べる。フキノトウを。みかんの皮を。名もない根っこを。食べられるものはみな腹におさめた。名前は知らなくともどの草が食べられて、どんな味がするのか知っている。

戦時中は革靴だって食べたんだよとおばあちゃんが言うので、靴をかじってみたけど「無理無理、これ、ビニール製だもん」とおねえちゃんに止められる。

もっとたくさん庭に実がなったらいいのに、シャカシャカのたびに温度が変化するし太陽も消えてしまうからか草木は元気がない。

だからぼくとおねえちゃんはほかの空間に遠征をすることにする。ただしいつシャカシャカが起こるかもしれないので可能なかぎり短時間で、隣接する空間にだけ。

「万が一家に戻れなくなった場合に備えて、必要なものは持っていきましょ」

ぼくはリュックサックに着替えと歯ブラシと雨水の入ったペットボトルを用意する。おねえちゃんはそれに加えてヨーロッパとアメリカのガイドブックを二冊入れる。

そしてシャカシャカが起こったら、双眼鏡で周囲の空間を確認する。

「南、荒野」

「西、草地」

「北側、タイ！　タイ発見！」

タイの旅行ガイドブックに美味しそうな果物がたくさん紹介されていたから、なんとはなしに食べもののありそうな空間をタイと呼んでいる。

ぼくらはリュックサックを背負い、よぉい、どんっ、といきおいよく駆け出す。

はじめての遠征は分厚い大きな葉の茂った深い森だった。運良くモンキーバナナを見つけた。

スターフルーツもあった。食べられるかどうかはあとで確かめるとして、手当たり次第にキノコも採取する。

心臓をばくばくさせながら足早に空間をまたいで物置小屋に入り、おねえちゃんは信じられないほど幸せそうな笑みでバナナの皮を剝く。

でもそのとき、忍び足で近づいてきたのか、おばあちゃんがにゅっと現れる。「どこで見つけたんだい、そんなの」とかさかさの唇に細かな亀裂を走らせる。

「庭だよ。落ちてたの」おねえちゃんは臆することなく言う。

おばあちゃんはぼくらを交互に見る。にっと笑う。「渡ったんだね。向こう側に」

「まさか、行ってないよ」

「そうかい。まあいいさ。でも、あたしにもちょっと分けておくれよ。おじいさんにもやりたいからさ」

おねえちゃんはぼくを一瞥《いちべつ》したあとでモンキーバナナを二本、スターフルーツをひとつおばあちゃんに渡す。

「採ってくるのはいいけど控えめにしなよ。あんまり遠くにいくと戻ってこれなくなるからね。それと、今度からも食べものを採ってきたら、あたしとおじいさんにも分けておくれよ」

おばあちゃんはにんまり笑って物置小屋をあとにする。おねえちゃんはモンキーバナナにかぶりつく。そこにさっきまでの笑顔はない。

居間に戻ると、おじいちゃんが目を天井に向けたまま布団に寝そべっている。バナナもらった？　と訊くが返事はない。つづけて打ち掛けの囲碁盤を指さし、次の手を訊いてみる。すると、はっきり答えがかえってくる。

「5の八」

19・南極圏

さまざまな土地を渡り歩いていると、ぼくとおねえちゃんがかつて幸運の女神のご加護のもとにあったことに気づかされる。

草木の腐敗した土地。動物の骨が転がった土地。音も動きも絶えた土地。

鳥はさえずりをやめ、地に帰った。

空は陽と月に支配されている。

タイみたいな食べもののある土地はかぎりなく少ない。

ぼくは大きな岩の陰に入り、バックパックをまくらがわりに横たわる。まぶたの裏で明日こそはと思い、一瞬のちせせら笑う。この世にはもう、そんな概念はないのだ。

5・北極圏

居間は日中でも薄暗く、万年床におじいちゃんが居座っている。人工透析を受けられないから調子が優れず、からっぽの目で囲碁盤を見つめてばかりいる。天井を見つめてばかりいる。ぼくはときどきおじいちゃんの囲碁の相手をしてあげるのだけど、その手筋からまだ頭だけはしっかりしていることが分かる。

ぼくらの汚れや汗に加えて、おじいちゃんが尿漏れの布団を放置しているから、室内はいまにも結露しそうな濃厚な臭気がこもっている。どいてよ、片付けるから、と言っても、いいんだよこれぐらい、死にゃしないんだからさぁ、と布団から出ようとしない。

ぼくは慣れたけど、おねえちゃんはただいるだけで気分が悪くなると言って陽の当たる窓辺に避難し、おとうさんの部屋にあった小説や小難しそうな専門書、それに旅行ガイドブックを繰り返し読み込んでいる。

学校の教科書を使ってぼくに勉強も教えてくれる。とくに英語の勉強には「世界じゅうとつながってるんだから必要になるに決まってる」と余念がない。電子辞書の音声機能を参考に一緒に暗誦《あんしょう》する。

「インファント」

「インファント」

「インファント」

と繰り返し、鉛筆でも繰り返し書く。

「グランマ」

「グランマ」

「グランマ」

おばあちゃんは台所にいることが多い。読経しているか、赤い革カバーのメモ帳にちいさな文字で日記をつけている。食料を管理しているのもおばあちゃんで、ひもじさのあまり食べものをねだっても「さっきあげたでしょ、我慢なさい」とちっともくれない。シャカシャカの前は気前よくお小遣いをくれたり撫《な》でてくれたりしたのに、すっかり意地悪になってしまった。

「配分を考えてくれてるんでしょ。気にしない、気にしない」

おねえちゃんはそう慰めてくれるけど、ぼくはおばあちゃんが夜中こっそりドッグフードをぱくついているところを見たことがある。二度も。

15・スウェーデン

シャカシャカが淡い夜を連れてくる。

糖蜜めいた月明かりの下、薄闇を透かして家が浮かび上がる。白いベンチつきの玄関ポーチ。ライトグリーンの壁にワインレッドの三角屋根。北欧のガイドブックで見たことのあるようなカラフルな木造の家だ。

窓辺には暖色の明かりがちらついている。

玄関扉をたたくと、かすかに足音が反響する。おねえちゃんが果物ナイフを忍ばせているポケットに右手を入れ、ぼくは背中のうしろでバタフライナイフを構える。

扉を開けたのは花柄ワンピースすがたの老婦人だった。「まあどうしたの」と流暢《りゅうちょう》な英語で朗らかに笑いかけてくる。

おねえちゃんはポケットから手を出してから言う。「わたしたち、ずっとごはんを食べていないんです。食べものをめぐんでくれませんか」

「あら、だったらちょうど良いところに来たわね。なかにいらっしゃい」

蠟燭の灯った居間に通されたとたん、ぼくらは室内に充満したにおいにくらくらしてしまう。ミートボールのトマトスープ。ブルーベリーパイ。じゃがいものシチュー。黒糖パン。赤ワイン……。どんな宝石よりも貴い食事がテーブルに並んでいる。

ややおくれて、白ヒゲの老人が椅子に坐《ざ》していることに気がつく。

「あたしはアニタ。こっちはヨハンっていうの」

老婦人はそう言って、ヨハンにぼくらの知らない言語でなにか話しかける。ヨハンはぼくらににこりと笑い、グラスに蒸留酒を注いで差し出してくる。

「さ、遠慮しないで、たくさん食べてってちょうだい」

「本当にいいんですか?」

「もちろん。たくさんあまってるんだから」

おねえちゃんが尋ねている合間に、ぼくは堪えきれず手を出してしまう。ブルーベリーパイがブルーベリーパイだと、ミートボールがミートボールだと分かるまもなく吞み込む。胃のきりきりが、凸みゆく視界が幸福そのものだ。

ぼくは急激に力が抜け、うとうとしてしまう。

「一気に食べたせいね。血圧がさがったのよ」アニタが微笑ましそうに言う。

おねえちゃんもすでに目の前の皿を平らげ、重たげなまぶたと闘っている。蒸留酒のグラスを一息で干し、テーブルの下で腿《もも》を軽くつねる。赤ら顔に笑みを貼りつかせてから言う。「こんなに素敵な食事は久しぶりです。こんなにきれいな家も久しぶりに見ました」

「ふふ、それは良かった。あなたたちは姉弟？　ふたりだけ？」

おねえちゃんはぼくを一瞥してから言う。「ええ、わたしたちだけです。おふたりは？」

「ふたりきりよ。世のなかがこんなふうになる前からずっとふたりきり。そういう意味じゃたいして変わってないかもしれないわね。誰かに会うのも本当に久しぶりのことよ」

しばしの沈黙のあと、アニタはヨハンに話しかける。ヨハンが無言でうなずく。アニタがぼくらを振り返って言う。「あなたたちに、是非持っていってもらいたいものがあるの」

アニタは台所に入り、すこしのち布製のトートバッグを持って現れる。ぼくらはバッグの中身を見て、またくらくらしてしまう。スモークトナカイ肉。ブルーベリージャム。ニシンの酢漬け。クラッカー。ジャガイモ。ニンジン。オレンジ。サワークリーム……。

「こんなに……」

「気にしないでいいのよ。わたしたちにはもう必要ないものだから。どうか持ってってちょうだい」

アニタは笑う。ヨハンは物憂げに目を細め、巻き煙草《たばこ》に火をつける。彼はまだ一口も食事に手をつけていない。

おねえちゃんは開きかけた口をつぐみ、一呼吸間をおいて言う。「本当にありがとうございます。わたしたち、おばさんのことぜったいに忘れません」

ぼくらは家に戻り、もらった食料をちょっとずつ食べながら窓越しにアニタたちの家を眺める。

次のシャカシャカまでに太陽が空を三巡したけど、窓辺に明かりが灯ることは一度もない。

10. チェコ

ゴールデンレトリバーふうの犬が迷い込んでくる。毛並みは乱れ、小枝や葉が絡まっている。耳や顎《あご》の裏にマダニが寄生し、豆粒大に膨《ふく》れあがっている。

「リオだ、リオだよ！」

ぼくらが叫ぶと、犬はそばに近寄ってくる。けれどしっぽは振らない。股の間に挟んで静かに震えている。

おばあちゃんが表に出てきてしかめ面をする。「まさか飼う気じゃないだろうね。うちにはごはんを与える余裕なんてないんだよ」

「わたしたちが用意するから。だって、この子リオだよ」

おばあちゃんは鼻を鳴らす。「単なる他人の空似だろ。それにもともとあたしはあのバカ犬が嫌いだったんだ」

「いいから、ね、お願い」

「ふん。ま、あんたが面倒を見るっていうんなら、好きにするがいいさ」

ぼくらは消えてしまった犬小屋のかわりに物置小屋をリオに与える。リードのかわりに電源コードを使う。ドッグフードが一袋だけあまっていたので、おばあちゃんにタイから採ってきた果物と交換してもらう。

森でエサ集めもする。スズメの死骸《しがい》。モグラの死骸。生きたミミズ。食べられるかどうかはリオに判断してもらうとしてもれなく運ぶ。リオはエサをすべて平らげるけど、一向になつこうとはしない。撫でようとしてもさっと避けてしまう。目も合わせない。しっぽを股に挟んで震えている。

こいつはやっぱりリオなんかじゃないよ、プラハだ、チェコだ。犬が迷い込んできたときに隣接していた空間にからくり時計つきの石の塔が建っていた。塔は半分ほどがシャカシャカに切断され、針も仕掛けも停止していたけど、プラハの天文時計によく似ていたのだ。

最初は単に面白がってチェコと呼んでいたのに、そのうち犬の名はチェコに定着する。やっぱりリオはリオだもん、チェコはチェコ。

と、強風とともに砂塵《さじん》が巻き上がり、天文時計が消える。

チェコが遠吠えをする。

3. モロッコ

おねえちゃんはシャカシャカについて研究熱心だ。おかあさんが危ないと言うのも聞かず、仕組みを調べたいと言って、歩幅を頼りにシャカシャカの刈り取る空間の大きさを測定している。ほとんどの場合、レモンの木から物置小屋の端っこまで二五歩だけど、ときどき二五歩半だったり、二四歩だったりと微妙に変わる。歩幅が不正確なのではない。それが証拠に、あるときのシャカシャカで隅っこにあった物置小屋の後ろ側が四分の一ほど刈り取られていたのだ。

「つまり、刈り取られる空間の形も毎回微妙に違ってるのかな」

おねえちゃんはふーむ、と探偵みたいに顎に人差し指を添えながら唸《うな》る。

推測どおり、周辺の空間は正方形に近かったり、一六角形だったり三二角形だったり、数十のぎざぎざした角で構成されていたりと毎回微妙に変化している。

そのせいで、家の周縁はシャカシャカのたびぐちゃぐちゃになる。土壌が土から岩に、草地から雪に変わったり。断崖から土砂が雪崩《なだ》れ込んでくることもあれば、池だったのか大量の水が押し寄せてくることもある。だからぼくらはときどき周縁を片付けなければならない。

家のまわりに現れる空間の種類に規則性はないけど、数は決まって四つだ。

「ただ、周囲で世界が入れ替わってるんじゃなくて、わたしたちのいる空間も一緒に移動してるんだよね」

なぜならシャカシャカのたびに太陽の位置がずれるからだ。あるときは蜜柑《みかん》色の夕陽に。あるときは漆黒の闇夜に。都度《つど》気温も変わるし、気圧が急激に変化するせいか、シャカシャカの際は強い風が吹くことがままある。

「分かんないのは標高の問題。となりに空は来ない。海底も来ない。地球の奥深くにはマグマだってあるのに、それもない。シャッフルするのは地表の風景ばっかり」

うーむ、とおねえちゃんは眼前にそびえるサハラ砂漠みたいな白い砂丘を見やりながら首をかしげる。

「もっと分かんないのは、これ」と、シャカシャカの折にとなりの空間の草むらから風圧によって転がってきた外国製のコカ・コーラの空き缶を拾う。「シャカシャカがはじまったのってついこないだなのに、ラベルも剝げてるし、すっごい錆《さ》びてる。この製造年月日、今年の四月だよ。なにがどうなったら、こんなふうになるの？」

おねえちゃんはもっと首をかしげる。ぼくに話しかけているようでいて、その実自分に問うているだけだ。

いずれにせよ、ぼくはなんて答えたらいいか分からずただ繰り返す。「ソワカソワカソワカ」

14．メキシコ

ぼくらはタイで食べものを漁《あさ》るついでにメキシコ探しをする。メキシコという呼び名は、同国で一一月初頭に開かれる死者の日という故人との再会を祝う祭りにちなんで付けた。要は、死体探しだ。

廃屋。樹のうろ。岩のくぼみ。目を向ければメキシコは陰あるところにたくさん潜んでいる。できることなら、身体がちょん切れているものが望ましい。そういうのは不運にもシャカシャカによって空間ごと身体が切断された人と相場が決まっているのだ。ちょうどこの前、物置小屋の裏で用を足していたおばあちゃんの身に降りかかったことのように。その手のメキシコは幾《いく》ばくかの食べものを荷物のなかに残していることが多い。保存食に加え、ワインやビール、煙草まである。そして十二分に漁って家に戻ったら、死者の日の慣例にならってささやかなお祝いをする。たっぷり食べ、たっぷり酔っ払う。

その日、森で食べもの探しをしていたときも、粗末な木造の小屋で白骨化したメキシコを見つけた。服は元の色や柄が分からないほどぼろぼろだ。小屋は三分の一ほどが消失しており、メキシコも腰のあたりから下がない。

おねえちゃんは臆することなくメキシコをどかし、しゃれこうべの下に敷かれていたバックパックを開ける。鰯の缶詰。干しインゲン。チョコチップクッキー。変色したコカ・コーラ。それに歯磨き粉、石鹸《せっけん》、レインコート、バタフライナイフまで。

財布にはドル紙幣とＩＤカードが入っている。リー・ジアイー。出身国はシンガポールだ。

「ねぇ、これって……」おねえちゃんがつぶやき、ぼくがうなずくのを見て続ける。「偶然？」

「分かんない」

「こんな顔だったっけ……。このバックパックは、似てる気がするけど」

「よく覚えてないよ」

おねえちゃんはＩＤカードの写真に見入る。唐突にしゃれこうべを蹴飛ばす。脆《もろ》くなっていたのか首の骨から簡単に外れ、壁に当たって後頭部が割れてしまう。おねえちゃんは顔を真っ赤にして胸の骨を踏み、腕の骨を踏み、腰の骨を踏む。何度も、何度も。踏み締めては粉々に砕いていく。そしてカードを放り投げ、小屋から飛び出す。

ぼくはＩＤカードを財布に入れなおし、バックパックを背負って小屋から出る。おねえちゃんにはああ言ったけどぼくは気づいている。写真の顔が違うことに、でもバックパックはおなじことに。

7．インド

石鹸がなくて身体が洗えない。そもそも水自体が貴重なので身体は洗えない。髪の毛はごわごわで脂《あぶら》で凝り固まっている。

トイレットペーパーが切れたあとしばらくは、「インド式だよ」というおばあちゃんに従い、バケツに汲《く》んでおいた雨水を手につけておしりを拭いていた。だけど水が惜しいので、ほかの空間から大きな葉を調達して拭くようになる。おばあちゃんは水なしでもかまわず手で拭き、あとで庭の土に手をつけて誤魔化している。

こんな寄せ集めみたいな世界でも、ときたま雨は降る。降ると、ぼくらは庭に駆けだし金だらいとバケツを並べる。ある程度たまったら浴槽に運ぶ。

ぴちゃんぴちゃんと雨粒の弾ける波紋を眺めているだけで自然と涙がこぼれてくる。

「どしたの」とおねえちゃんが話しかけてくる。ぼくが口をつぐんだままでいると言葉を続ける。「また思い出してたのね」

ぼくは答えない。

「捨てるなんてありえる？　なんかあったんだよ。いつも寂しそうだったし」

やはり答えず、バケツの水に涙を加える。

「会いたい？」

「……まあ」

「会えたら、どうする？」

「分かんない、分かんないよ……」

バケツの水はもう溢れかえっている。

居間ではおじいちゃんの股が水濡れしている。寝そべったまま天井を見つめている。もうほとんど口をきかないけど、ぼくが打ち掛けの囲碁盤を指さして次の手を訊くと、ようよう声を出す。

「2の五」

でもそれはもう石が置かれているところだ。

夜半、すすり泣く声に起こされる。布団におばあちゃんとおねえちゃんがいない。かすかな話し声が台所のほうから漏れてくる。

「……いつか……、確かめる。……ぜったい許さない。……ったら、殺してやる……」

ぼくは横になる。目をつむる。そうやって夜を終わりにする。

12．オーストラリア

ぼくらは英語に磨きをかけるべく、実験的にひとりのアメリカの女を家に入れることにした。おばあちゃんがいつものように玄関先で無下に追い返そうとしたところ、「わたしたちが相手するから。うまいことやるからさ」とおねえちゃんが割って入ったのだ。おばあちゃんは強く反駁《はんばく》したけど、最終的にはぼくらが責任を持って面倒を見る、食べものはやらない、という条件で渋々受け入れた。

アメリカは大半がむっとする体臭を漂わせているけど、彼女はめずらしく甘ったるい香水のにおいに包まれていた。Tシャツもジーンズもそこまで汚れていない。今晩の寝床を探してぼくらの家を訪ねたのだと彼女は言う。

「うちで良かったら泊まってってていいわよ。ただし、あなたに分けてあげるだけの食べものはないけど」

「それだったら大丈夫。わたしもある程度は持ってるし、その気になったら自分で調達するから」

ぼくらは居間に入り、雨水のペットボトルで乾杯をする。おねえちゃんがたくさん質問を浴びせ、女が一つひとつ丁寧に答える。

名はシャーロット、一九歳、オーストラリアのゴールドコースト出身で、シャカシャカに巻き込まれた際は北インドを恋人とめぐっていた。当日はタージマハルのあるアグラの安宿に宿泊していたが、運悪くツインベッドしか空いておらず、シャカシャカはふたつのベッドのあいだの空間を引き裂いた。ゆえに彼女は恋人を、ゴールドコーストの実家を探している。

「歩きまわらなくてもいいんじゃないかって思うこともあるけど。ただその場に留まっているだけでも、周囲の空間がかわりに旅をしてくれるじゃない？」

ぼくらは次のシャカシャカで窓の外にタイを発見し、シャーロットと食べもの探しに出かけた。キノコやマンゴーを採取したあと、草むらの奥で透きとおった泉を見つける。飲み水の確保のためにバケツに水を汲み、家と往復する。

それからシャーロットの提案で水浴びをすることになる。彼女はためらいなくジーンズを下ろし、ブラジャーのホックを外す。おかあさんよりもずっと乳房が大きく、乳首は目の覚めるようなピンク色をしている。脇の下、股、お腹までびっしりと金色のうぶ毛に覆われている。

ぼくの視線に気がつくと、彼女は小さくはにかむ。「あなたも早いとこ脱ぎなさい。家に戻れなくなっちゃうかもしれないわよ」

おねえちゃんもそそくさと裸になる。シャーロットほどではないけど、いつのまにか胸が膨らみ、股にうっすら毛が生えている。

ぼくも裸になって泉に浸かる。肌が粟立《あわだ》つほど冷たいけど、ひんやりした感じがかえって気持ち良い。

「あなたたちは幸運ね」とシャーロットが脇の下を手でもみながら言う。「こんなすてきな泉、滅多に見つけられるものじゃないもの。あなたたちのおうちだってそう。ほかのところは土砂や建物の下敷きになったり、海や湖の水であふれかえったり、どこも滅茶苦茶なのに、あなたんちはほとんど無事なんだから」

彼女は背中を洗ってあげると言い、ぼくらを引き寄せててのひらで背中を撫でまわす。きゃっきゃと笑い、おねえちゃんと水を掛け合いっこする。水面下でぼくの性器を触ってくる。

11. エクアドル、ナイジェリア、ベトナム

日照りが続いている。シャカシャカがいくら起きても食べものが見つからない空間しか現れないのだ。

チェコは物置小屋の陰でうずくまり、おばあちゃんは日がな一日台所の椅子にもたれ、メモ帳になにか書きつけている。もとより枯れ木みたいだった腕は手のなかのペンみたいにやせ細っている。

「わたしたちがなんとかしなきゃ」

おねえちゃんに促され、ぼくらは危険を冒して二つ、三つ先の空間まで食べもの探しに出かける。

草木一本もない荒れ地。

ぐずぐずした沼地。

腐敗した落ち葉のたまり。

連綿と続く黒い沙漠、赤い沙漠、白い沙漠。

いくら見まわしても食料どころか水もない。喉が渇き、栓が抜けたみたいに力が出なくなる。もうちょっと、もうちょっと、とおねえちゃんが励ますけど、だんだん口数が減り、ついにはふたりして立ち止まってしまう。

「これ以上行ったら戻れなくなりそう。次のシャカシャカに賭《か》けましょ」

重たい身体を引きずって家に戻ると、チェコがいない。

家の裏にまわると煙が上がっている。おばあちゃんが焚《た》き火に鍋をかけている。地べたに置かれたまな板は血のりでべっとり汚れ、クリーム色の毛がこびりついている。

「チェコをどうしたの！」おねえちゃんがほとんど怒鳴り声で言う。

おばあちゃんは顔をあげず、鍋をかき混ぜながら言う。「もうすぐできあがるから、お食べ」

おねえちゃんは静寂を吸い込む。そして吐き出す。ふざけんなよ！　くそばばあ！　人殺し！　チェコを返せ、チェコを返せ、チェコを返せ！　おばあちゃんが答えないでいると、わっと家に駆け込み、ふたたび静けさが戻る。

おばあちゃんはスープを皿にわけ、ぼくとふたり地べたに坐《すわ》って食べる。「すまないね」とチエコみたいに目を合わせずに言う。ぼくは大丈夫だよとだけ答える。肉のうまさに咽《むせ》びそうになりながら。

それからしばらくのあいだおねえちゃんは一言も口をきかなかったけど、ぼくは知っている。おばあちゃんが台所の机の上に置いておいたスープを夜中こっそり食べていたことを。

それを機に、ぼくらは動物に対してある種寛容になる。

手づかみしたトカゲやカエルを、罠で捕まえたネズミを、近寄ってきた猫や犬を、エクアドルをナイジェリアをベトナムを丸焼きにする。あるいは毛をむしり、解体する。煮て、焼く。食べる。

16. オランダ、ジョージア、南アフリカ

厚い葉の生い茂った密林にテントが寄り集まっている。中心では火が焚かれており、焔の揺らめきに合わせていくつもの人影が動いている。

茂みの陰に沿って近づくと、その正体が若い男女であることが分かる。大きな子もいれば小さな子もいる。肌と髪の色はばらばらだ。服は粗末で、ところどころ破れている。裸体の者も半数近くおり、うら若い娘は乳房や股の毛を堂々とさらしている。焚き火では枝に串刺しにされた昆虫や小動物が炙《あぶ》られている。

ひとりがこちらを指さし、「あっ」と声を出す。焚き火めいたさざめきが湧き、ひとりの男の子がこちらに近づいてくる。

「やあ」とやわらかな微笑とともに手をさしのべ、おねえちゃんもポケットから右手を出して握手をする。彼はなにも身に付けておらず、長いブロンドの髪にはシラミや小さな枝葉がついている。顔も一面ヒゲだらけだ。

「きみたちはそこの家から来たのかい」

「えぇ」とおねえちゃんがうなずく。「あなたたちはどういう集まりなの、友達、親類？」

「みんな他人だ。世話をしてくれていた大人はいたけど、もうずっと前にいなくなってしまった」

「偶然集まったってこと？」

「もともとは。固まってないと危険だからそうしてる。力ずくで食べものを奪おうとする連中もいるんだ」

おねえちゃんは地べたに視線を落とす。「ずっとここにいるの？」

「まさか。食べるものがなくなったら移動するよ。きみらだってそうじゃないのか？」

「わたしたちは基本的に家から離れないわ」

「そうか。きみたちふたりならそれでも足りるんだろう。でもぼくらは大勢いるから、常に移動してなくちゃならない」

「あなたたちだって住んでいた家があるんじゃないの？　帰るべき場所が」

「家なんてもとからないよ」

「じゃあ、あなたたちはどこから来たの」

「きみの言ってるのがルーツのことだったら、ぼくの両親はアムステルダムにいたらしい。あの娘はトビリシ。あいつはケープタウンというところ。自分のルーツを知らない子もたくさんいるけど、そんなことはあんまり重要じゃない。どうせそのうちみんないなくなるんだ」

「……どうしてそう思うの」

「いまのところ、ぼくらより年上には会ったことがあっても、年下には会ったことがないからさ」

「こんな世界でも、あなたたちより若い人はまだ残ってると思うけど」

「そういう意味で言ってるんじゃない。あとの世代がいないってことだ」

「どういうこと？」

「なんにも知らないのかい？　この世はいまスープみたいに煮込まれてる最中なんだよ。ぼくらも、時空間も、なにもかも」

おねえちゃんが返答に困っていると、焚き火のほうから賑やかな音が鳴りだす。ふたりの男女が骨と骨を打ち鳴らしている。リズムに合わせてひとり、またひとりと焚き火をまわりだし、男女が手を取り合い口づけをする。手をたがいの肉体に滑らせ、性器を触り合う。ペアを変えておなじことを繰り返し、そのうちに一組、また一組とテントに消えていく。

「もし良かったら、きみもどうかな」

男の子が手を差し出すが、おねえちゃんはかぶりを振る。「ううん、遠慮しとくわ」

「そうか、残念だ。それじゃ、ぼくはもう行くよ」

彼は微笑をこぼしてきびすを返す。焚き火のそばにひとり立っていたおしりの大きな女の子の手をとり、テントへと消える。

13．モルディブ

結局、シャーロットはシャカシャカが何度となく起きても家に逗留《とうりゅう》した。ぼくらもあえては咎《とが》めはしなかった。食べものはみずから工面していたし、ぼくらの英語の発音や文法上の誤りを指摘してくれるので為になったのだ。

ただしおばあちゃんはシャーロットと一切関わりたくない様子で、シャカシャカ以前に使っていたおじいちゃんとの寝室にこもってしまった。かわりにシャーロットがぼくらと一緒に居間で眠るようになる。

夜ごとに彼女はぼくの手を握ってくる。ぴったし身体をくっつけてくる。やわらかな乳房の感触が、腋の饐《す》えたにおいがおかあさんっぽくて、くるまれているだけでうとうとしてしまう。だけど彼女の手はそこで止まらず、ヘビとなってしゅるしゅる身体をくだり、股間にまで到達する。もう片方のヘビはみずからの股に伸び、茂みを這っていくようなかすかな衣擦れの音を薄闇に響かせる。

シャカシャカ。

吐息が次第次第と荒くなり、やがてぼくの頭のなかは真っ白になる。唐突に静けさが舞い降りる。

シャカシャカ。

ぼくがパンツを濡らす回数に比して、日ごとにおねえちゃんの口数が減ってくる。英語の練習のためにひっきりなしに話しかけていたのに、シャーロットがなにを言っても気のない返事しかしない。

「ねぇ、どうしてお話してくれないの？」

シャーロットがついに尋ねるが、おねえちゃんは「別に」とだけつぶやき、読みかけの本に顔をうずめる。シャーロットもそれ以上は訊かない。困り顔でこちらを見やり、ぼくは思わず目をそらす。

それでもやはり、夜になると彼女の手はヘビに化ける。しかもいつになくどう猛に、狡猾《こうかつ》に、五股に分かれた舌を股のあいだにねっとり絡ませてくる。かと思いきや、今度ヘビはワシに化けて飛翔し、ぬるぬるした肉の雨を腰の上に激しく浴びせてくる。ぼくは口を閉じ、目を閉じる。

ソワカソワカ。

ソワカソワカ。

まぶたの裏の暗闇で唱え続ける。

いつのまにか息づかいは三つに増えている。おぉ、うぅ、あぁ、と輪唱のようにそれぞれのリズムと音高で昂《たか》ぶり、あるとき、ある瞬間、真っ逆さまに静寂の淵に落下する。

翌朝、シャーロットはすがたを消している。バックパックを居間の隅っこに残したまま。

おねえちゃんはそのことについてなにも言及せず、陽だまりの窓辺でうつぶせになり本を読んでいる。窓外に覗くのは椰子《やし》の木の並んだ白い砂浜だ。ただし海はない。

「気持ちのいい眺めだよね。なんかモルディブみたいじゃない？」

おねえちゃんは本に目線を落としたまま小さく笑う。だからぼくも起きてもなお目と口を閉じ続ける。

その日から、おばあちゃんがまた居間で一緒に眠るようになる。

20．イギリス

「ずっと昔、きみとおんなじ名前の人に会ったことがある。英語圏だとけっこうありふれた名前なのかな。彼女はとんでもないアバズレだった。まさしくきみとおなじように、ぼくの身体を貪るようにもとめてきた。当時ぼくにはそれがどういうことかよく分からなかったし、抵抗もできなかった。姉貴がいなかったら、そのまま搾取されっぱなしだったかもしれない。そう、ぼくはなにも好きでこんなことをしようとしてるんじゃない。ただ、死にたがってる人の手助けをしてあげたいと思っただけだ。まあ多少うんざりしていたというのはあるけど、きみがそういうことばかり口にして泣いているから、望みどおりのことをしてあげようと思っただけだ。だから心配しないで、頼りにしてほしい。すぐに終わるから」

ぼくはそう言って、ロープで縛った女の喉元にバタフライナイフを突き立てる。彼女のリュックサックの食料を自分のバックパックに移し替え、その場から去る。

9. フランス

家のとなりに出現した河の岸辺に、ぼくとおねえちゃんとおばあちゃんが立つ。

「あたしがちっちゃかったころはねぇ、海外旅行なんて夢のまた夢だったんだよ。ずっと行きたかったんだけど、お金も機会もなかった。とくにフランスに行ってみたかったんだ、あたしは。凱旋門《がいせんもん》にエッフェル塔、ルーブル美術館にモンマルトル。このセーヌ河だってそうさ」

おばあちゃんはいつになく目をうるうるさせながら言う。

けれど、肝心のセーヌ河はもう流れておらず、半分ほどが干上がり、泥濁りした水面にコイっぽい腐った魚の死体が浮いている。じっさいこれがセーヌ河である保証はどこにもない。ただ単にフランス語表記のペットボトルが落ちていたから、おばあちゃんが勝手にそう呼んでいるだけだ。

「フランス・ギャル。ブリジット・バルドー。セルジュ・ゲンズブール。ジェーン・バーキン。みんな、みんな好きだったね。こっそり雑誌の切り抜きを集めてたよ。当時はそんなこと言ったら、ちょっとした不良みたいな目で見られたけどねぇ。けど、おじいさんはあたしのそういうところも認めてくれたんだ。珍しいだろ？　自由恋愛だよ。いまの世のなかみたいに自由に組み合わさったんだ」

おねえちゃんに小突かれ、ぼくは一緒にスコップで河辺に穴を掘る。水分を含んだ土壌はやわらかく、おばあちゃんの話が終わらないうちに深さ一メートルほどの穴ができあがる。

おばあちゃんは言葉を繰りながら赤い革のメモ帳になにかペンで書き留める。ぼくは背伸びするけど見えない。それからおばあちゃんが続ける。「それじゃ、やっとくれ」

おねえちゃんがうなずき、ぼくと一緒に布団を持ち上げ穴の底に安置する。ポケットに入れておいた碁石をてのひらいっぱいに握り、底にぱらぱらと振りかける。おばあちゃんはメモ帳の紙をちぎり、底にはらりと落とす。すっかり磨り減ってしまった数珠を摺りながら読経をする。

ぼくらも穴を埋めるリズムに合わせて唱和する。

ソワカ、ソワカ、ソワカ。

17．アルゼンチン

窓外にオペラハウスが建っている。シャカシャカに刈り取られ、ぱっくり覗いた四階建ての内部にはホールと緞帳《どんちょう》が窺える。天井には壮麗な天上界のフレスコ画が描かれている。

なにより目を瞠《みは》ったのはボックス席や平土間に並んだ数かぎりない本棚だ。スペイン語の本が主だったが、英語も大量にあり、おねえちゃんは「すごい、すごい」と独りごちながらリュックサックに詰め込んでいく。

　そのとき館内に足音が冷たく響き、背の高い男が階段をのぼってくる。黒のシャツとスラックス、端整な顔は黒ヒゲで覆われている。本を抱えたおねえちゃんを見て、「好きに取っていっていいよ」と微笑む。

「あなたは？」

「ここの書店員だ」

「本屋なの、ここは」

「以前は世界で二番目に美しいと言われてた本屋だよ。今は見る影もないけど」

「一番じゃないのね」

「残念ながら。一番はマーストリヒトの本屋だと言われてる。そこも今はランク外にまで落ちてるだろうけどね」

「あなたはずっとここに？」

「ほかに行く当てもないしね。幸いここはカフェも併設していて、食べものならまだいくらか備蓄があるから。それに、君たちみたいなお客さんもたまにやって来るから、本をあげるかわりに食べものをもらったりもしている」

　彼がコーヒーを淹れてあげると言うので、一緒に階下に降りる。舞台スペースに並んだテーブルに坐し、彼がガスバーナーでコーヒーを淹れる。

「新鮮な水が手に入らないけど、コーヒー豆自体は良いものだから気に入るといいな」

そう言ってこれまでの経緯を話しだす。はじめてシャカシャカが起こったのは朝の開店前だった。ほかに従業員がふたりいたけど、ひとりは家族を求めてここを去り、もうひとりは正気を失い取っ組み合いになったすえ、逃げるように飛び出していった。

「あなたは冷静さを保っていられたのね」

「ぼくは本さえあれば大丈夫なんだ。インターネットもなくなって、いよいよ唯一無二の娯楽になったよ」

それからふたりは好きな本の話題で盛り上がる。コーヒーを飲んだぼくは暇《いとま》を告げるが、おねえちゃんはもう少しここにいたいと言って残る。

ぼくは居間で本を読み、この前廃屋で見つけたトウモロコシの缶詰で空腹を慰める。夜になってもおねえちゃんが帰ってこないのでひとり床に就く。

明くる日の朝、おねえちゃんがかたわらで寝息を立てている。外に出ると本屋は依然そこにある。

ぼくが庭先に椅子を出して本を読んでいると、おねえちゃんが家から出てくる。髪をとかし、めったに着ない白のブラウスを着て、スニーカーの泥を落としている。

「スペイン語を教えてもらうんだ」と目が合うなりおねえちゃんは言う。「アルゼンチンのスペイン語って、イタリア語みたいなイントネーションなんだってさ、知ってた?」

「あんまり長居すると戻ってこれなくなるよ」

分かってる分かってるとうなずき、軽い足取りで本屋に入っていく。遠目に、舞台スペースのテーブルで話し込んでいるふたりのすがたが見える。コーヒーカップを手に取り、見つめ合い、平土間に並ぶ本棚の向こうに消えていく。

静けさのなか、さっき見たおねえちゃんがおかあさんそっくりだったことにふと気づく。どれだけの時が流れたのだろう。秒針が止まり、太陽が出鱈目に昇り降りして、ものは次々と壊れ消えてゆく。確かなものさしはぼくら自身だけ。おねえちゃんの胸のふくらみ。股のあいだから血を流す回数。髪の毛やヒゲの長さ。

台所に入り、ハサミでヒゲを切っていると、びゅうっと風が吹き荒れる。窓を覗くと本屋は消失し、雪の大地が陽の光に煌々《こうこう》と照らし出されている。

18. スペイン

長いこと、赤のメモ帳が唯一の話し相手になる。ぼくとおねえちゃんを食べさせるために心を砕いていたこと。おじいちゃんとの思い出や死別に対する想い。おばあちゃんのにょろにょろ文字を解読し、またぼくみずから書き込んでいく。シャカシャカ。おじいちゃんだったらどう打つだろうと想像しながら、ひとり二役で囲碁を打つ。シャカシャカ。食べものが底を突きかけ、メモ帳の余白がなくなったところでそのときが迫りつつあるのだと悟る。シャカシャカ。

あるとき窓辺に色鮮やかなタイルでできたトカゲの像が現れる。いつかおねえちゃんがガイドブックを見ながら行ってみたいと言っていたグエル公園にどことなく似ている。ぼくはバックパックを背負って空間の境をまたぎ、公園側から家に眺め入る。

枯れた芝生の土地にぽつねんと佇《たたず》む木造の民家。

シャカシャカ。

消失し、静けさの染み込んだ杉林に変わったのを見届けたあと、なにもない荒野に向かって歩き出す。

21. 日本

カナダからアーサーからアルメニアへ。クリスティーナからザンビアからエリザベスへ。出会い、別れ、やがて拓けた土地に出る。

うつくしい芝生の土地に木造の民家がぽつねんと建っている。

玄関の扉をたたくと、懐かしい顔が出迎えてくれる。彼女はぼくが誰であるか気づいていない。日本語で話しかけられるけど、名状しがたい感情の虜《とりこ》になってうまく返せず、咄嗟《とっさ》に彼女にも分かるような片言の英語で答える。

通された居間では家族が食卓を囲んでいる。

「アワー・リトル・ディナー」

「オー、ディナー。ヘルプ、ヘルプ」

「サンキュー。ネーム？」

「マイ・ネーム？」

「イエス」

「リー。リー・ジアイー」

もう元には戻れない。ぼくは知らぬ間にアメリカになっている。あれだけ毛嫌いしていたアメリカに。

唯一こころ通じ合えたのは、女の子がしゃべりかけてきた英語とも日本語とも取れない言葉。口ずさむようにして唱えたおまじないの言葉。

宮内悠介《みやうち・ゆうすけ》

1979年東京都生まれ。早稲田大学第一文学部卒業。2010年に「盤上の夜」で第1回創元SF短編賞選考委員特別賞（山田正紀賞）を受賞しデビュー。『盤上の夜』で第33回日本SF大賞、『ヨハネスブルグの天使たち』で第34回日本SF大賞特別賞、『彼女がエスパーだったころ』で第38回吉川英治文学新人賞、『カブールの園』で第30回三島由紀夫賞、『あとは野となれ大和撫子』で第49回星雲賞、『遠い他国でひょんと死ぬるや』で第70回芸術選奨文部科学大臣新人賞を受賞。他の著書に『ディレイ・エフェクト』『偶然の聖地』『黄色い夜』などがある。

藤井太洋《ふじい・たいよう》

1971年奄美大島生まれ。2012年、ソフトウェア会社に勤務する傍ら執筆した長編『Gene Mapper』を電子書籍で個人出版し、大きな話題となる。2013年に増補完全版『Gene Mapper -full build-』を刊行。『オービタル・クラウド』で第35回日本SF大賞と第46回星雲賞、『ハロー・ワールド』で第40回吉川英治文学新人賞を受賞。他の著書に、『アンダーグラウンド・マーケット』『公正的戦闘規範』『東京の子』『ワン・モア・ヌーク』などがある。

小川哲《おがわ・さとし》

1986年千葉県生まれ。東京大学大学院総合文化研究科博士課程退学。2015年に『ユートロニカのこちら側』で第3回ハヤカワSFコンテストの大賞を受賞しデビュー。『ゲームの王国』で第38回日本SF大賞と第31回山本周五郎賞を受賞。他の著書に『嘘と正典』がある。

深緑野分
ふかみどり・のわき

1983年神奈川県生まれ。2010年、第7回ミステリーズ！新人賞にて短篇「オ－ブランの少女」が佳作入選、2013年に短篇集『オーブランの少女』が刊行されデビュー。その他の著書に、『戦場のコックたち』、『分かれ道ノストラダムス』、『ベルリンは晴れているか』、『この本を盗む者は』がある。

森 晶麿
もり・あきまろ

1979年静岡県生まれ。早稲田大学第一文学部卒業。日本大学大学院芸術学研究科博士前期課程修了。『黒猫の遊歩あるいは美学講義』で第1回アガサ・クリスティー賞を受賞。同作は「黒猫」シリーズとしてシリーズ化され、人気を博している。他の著書に、「花酔いロジック」シリーズ、「偽恋愛小説家」シリーズ、『キキ・ホリック』、『沙漠と青のアルゴリズム』『前夜』などがある。

石川宗生
いしかわ・むねお

1984年千葉県生まれ。オハイオ・ウェスリアン大学卒業。2016年に「吉田同名」で第七回創元SF短編賞を受賞。2018年に受賞作を含む短編集『半分世界』を刊行。2020年に『ホテル・アルカディア』で第30回Bunkamuraドゥマゴ文学賞を受賞。他の著書に『四分の一世界旅行記』がある。

初出

「国境の子」「月の高さ」……小説現代２０２１年１月号
「ちょっとした奇跡」「水星号は移動する」……小説現代２０２１年２月号
「グレーテルの帰還」……小説現代２０２１年３月号
「シャカシャカ」……小説現代２０２１年４月号

Voyage《ボヤージュ》 想像見聞録《そうぞうけんぶんろく》

2021年6月21日　第一刷発行

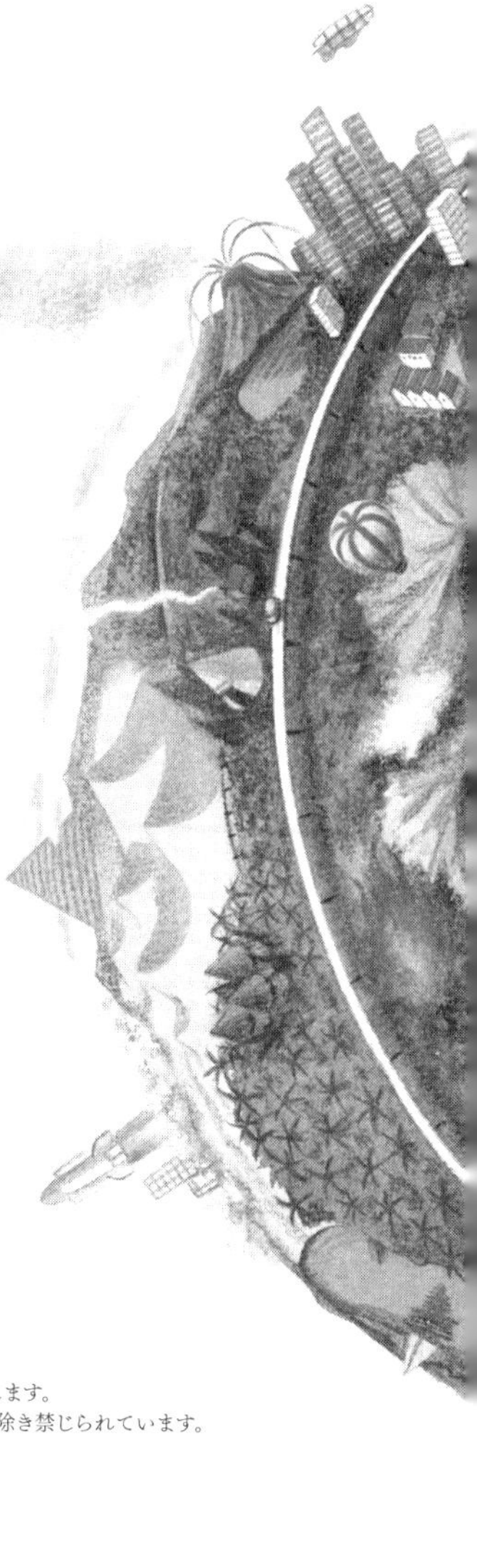

著　者　宮内悠介《みやうちゆうすけ》
藤井太洋《ふじいたいよう》
小川《おがわ》 哲《さとし》
深緑野分《ふかみどりのわき》
森《もり》 晶麿《あきまろ》
石川宗生《いしかわむねお》

発行者　鈴木章一

発行所　株式会社講談社
〒112－8001
東京都文京区音羽2－12－21
電話　出版　03－5395－3505
　　　販売　03－5395－5817
　　　業務　03－5395－3615

KODANSHA

本文データ制作　講談社デジタル製作
印刷所　豊国印刷株式会社
製本所　株式会社国宝社

ISBN 978-4-06-523420-4　N.D.C. 913　238p　19cm